좋은 사람으로 사는 법

좋은 사람으로 사는 법

나에게서 시작하는 지금 이 순간의 기적

틱낫한
유향란 옮김

Good Citizen

김영사

좋은 사람으로 사는 법

1판 1쇄 발행 2015. 4. 30.
1판 3쇄 발행 2019. 5. 11.

지은이 틱낫한
옮긴이 유향란

발행인 고세규
편집 강지혜 | 디자인 이경희
발행처 김영사
등록 1979년 5월 17일(제406-2003-036호)
주소 경기도 파주시 문발로 197(문발동) 우편번호 10881
전화 마케팅부 031)955-3100, 편집부 031)955-3200 | 팩스 031)955-3111

값은 뒤표지에 있습니다. ISBN 978-89-349-7093-4 03840

홈페이지 www.gimmyoung.com 블로그 blog.naver.com/gybook
페이스북 facebook.com/gybooks 이메일 bestbook@gimmyoung.com

좋은 독자가 좋은 책을 만듭니다.
김영사는 독자 여러분의 의견에 항상 귀 기울이고 있습니다.

이 도서의 국립중앙도서관 출판시도서목록(CIP)은 서지정보유통지원시스템 홈페이지
(http://seoji.nl.go.kr)와 국가자료공동목록시스템(http://www.nl.go.kr/kolisnet)에서
이용하실 수 있습니다.(CIP제어번호 : CIP2015011497)

수천 년 전, 부처님은 인도 보드가야의 신성한 무화과나무 아래서 심오한 깨달음을 얻으셨습니다. 깨달음을 얻은 뒤 부처님께서 하신 맨 처음 생각은 모든 살아 있는 존재는 깨달을 수 있다는 것이었습니다.

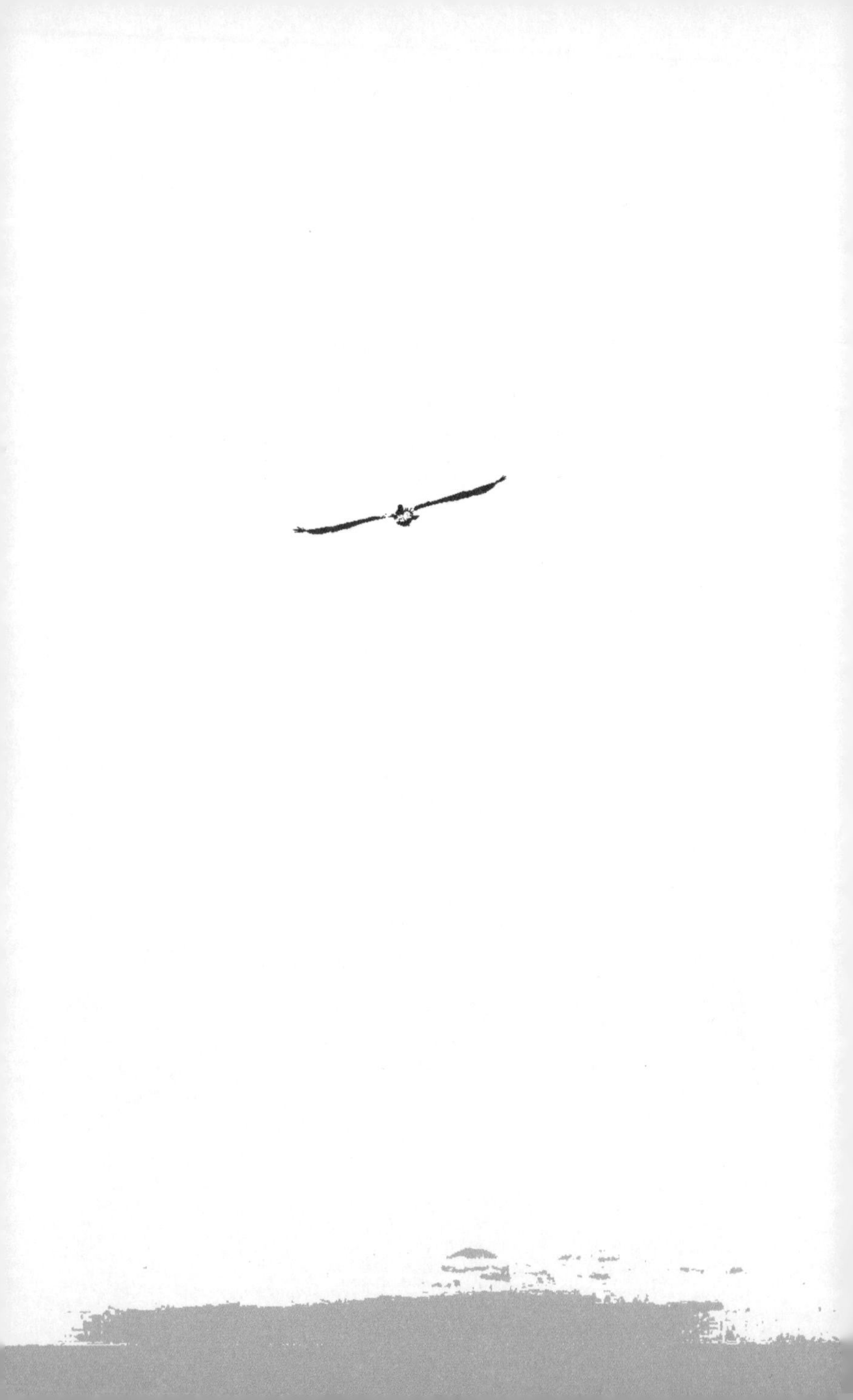

차례

1

행복과 평화를 위한 길

우리는 세계화된 지구촌에서 살고 있습니다. 지구 반대편의 경제 상황이 내가 사는 지역의 경제에까지 영향을 미칩니다. 정치, 교육 및 문화 소비행위도 전 세계적으로 이루어집니다. 따라서 윤리나 도덕 역시 세계화될 필요가 있습니다. 새로운 세계 질서에 걸맞은 새로운 세계 윤리가 필요하다는 뜻이지요. 세계 윤리는 우리 시대의 문제들을 해결하는 열쇠입니다.

우리는 세계 도처에서 일어나는 기후변화, 테러, 종교전쟁에 직면해 있습니다. 광신적 행위, 차별, 분열, 폭력, 경제위기, 환경파괴 등이 우리를 위협하고 있지요. 따라서 우리는 올바른 결정을 내리고, 지혜롭게 대처할 수 있도록 이들

괴로움을 깊이 들여다보아야 합니다. 전 세계적인 괴로움의 원인을 찾기 위해 서로 다른 역사와 전통을 배경으로 하는 사람들이 무릎을 맞대고 한자리에 모여야 합니다. 맑고 고요하고 평온한 마음으로 깊이 들여다보면 우리가 겪는 괴로움의 원인이 보일 것입니다. 그러면 그것들을 뿌리뽑거나 변화시킬 수도 있고, 괴로움에서 벗어나는 길도 보입니다.

맑고 고요하고 평온한
마음으로

이것들을 깊이
들여다보면

함께 사는 세상을 위하여

우리는 서로 다른 다양한 문화와 국가에 속해 있습니다. 따라서 제각기 고유한 가치와 행동 방식이나 윤리적 행동 기준을 가지고 있지요. 모든 나라와 모든 문화는 우리가 사는 세상을 훌륭하게 만들 수 있습니다. 세계 윤리를 만들기 위해서 우리는 모두의 지혜를 총동원해야 합니다. 전 세계인의 다양한 전통이 지닌 통찰을 발휘하여 상호존중에 바탕을 둔 세계 윤리를 만들 수 있습니다.

어떤 사람들은 자신의 종교에 의거한 윤리를 따릅니다. 자신이 무엇을 준수하든 상관없이, 옳고 그른 것을 결정하는 신이 있다고 믿는 사람이라면, 그 종교에서 말하는 규범을 따르기만 하면 올바른 삶을 살 수 있습니다. 또 어떤 사람들은 자기 행동의 논리적 결과가 무엇인지만 고려하면서 과학적이거나 실용적인 접근을 합니다.

그런데 세계 윤리를 위해 불교가 공헌하는 방식은 앞의 두 가지와 다릅니다. 그것은 깨어 있는 마음과 집중, 통찰로 세상을 관찰하고 이해하는 데 바탕을 두고 있습니다. 아울러 주체와 객체가 둘이 아니며 이 세상의 모든 것들은 서로 연결되어 있다는 인식에서 출발합니다. 이것은 신을 믿느냐 믿지 않느냐의 문제와 관계없이 모든 사람들에게 받아들여질 수 있는 수행입니다. 만일 당신이 이 수행을 한다면 당신은 더 많은 자유를 누리게 될 것입니다.

삶으로 깊이 파고드는 불교

우리는 베트남 전쟁 중에 '참여불교'라는 말을 만들어냈습니다. 전쟁의 포화 속에서도 많은 비구, 비구니, 혹은 일반 불자들이 좌선과 걷기 명상을 했습니다. 하지만 우리 주위로 폭탄이 떨어졌고 부상당한 아이들과 어른들의 비명 소리가 시도 때도 없이 들려왔습니다. 명상은 현재 벌어지고 있는 일을 깨닫는 것입니다. 당시 우리 주변에서는, 수많은 사람들이 괴로움을 겪고 뭇 생명이 죽어갔습니다. 자연스럽게 우리 마음속에 우리 자신과 주변 사람들의 괴로움을 덜어주고 싶다는 소망이 일었습니다.

우리는 다른 사람들을 위해 무언가 하고 싶었고, 우리 자신의 안정과 평화를 위해 좌선과 걷기 명상을 하고 싶었습니다. 절 밖으로 나가 고통받는 사람들을 도우려면 우리에게 일단 안정과 평화가 필요했기 때문입니다.

우리는 깨어 있는 마음으로 사람들이 폭탄을 피해 뛰고 달리는 바로 그 아수라장을 걸었습니다. 총탄과 폭탄으로 부상당한 어린이들을 돌보면서 깨어 있는 마음으로 호흡하는 수행을 했습니다. 만일 봉사하는 동안 수행하지 않았다면 우리는 우리 자신을 잃고 탈진해버려 아무도 도울 수 없었을 것입니다.

참여불교는 이와 같이 어려운 상황에서 태어났습니다. 우리는 주변의 괴로움에 대처하는 동안에도 계속 수행하고 싶었습니다. 참여불교는 단순히 사회문제와 관련한 불교를 지칭하는 말이 아닙니다. 그보다 우리가 언제, 어디서 무엇을 하든 간에 늘 깨어 있는 마음으로 수행하는 것을 의미합니다. 홀로 있을 때나 걷거나 앉아 있거나 차를 마시거나 아침 식사를 만드는 일도 모두 참여불교가 될 수 있습니다. 이런 방식으로 수행하는 것은 우리 자신만을 위한 것이 아닙니다. 다른 사람들을 돕고 모든 생명과 연결될 수 있도록 스스로를 지키기 위해서이기도 합니다.

참여불교는 단순히 자신을 계발하는 것이 아닙니다. 참여불교는 자신이 한층 더 강하고 견고해졌다는 느낌을 갖도록 해주며, 다른 사람들과 더 끈끈하게 연결되어 있고 삼라만상의 행복에도 더욱 긴밀하게 얽혀 있다고 느끼게 해줍니다.

참여불교는 삶으로 파고드는 불교로, 참여하지 않는 불교는 진정한 불교가 아닙니다. 이는 오로지 괴로움을 없애기 위해 전력투구하는 보살들의 방식입니다. 우리는 우리 자신만을 위해 명상하거나, 깨어 있는 마음을 수행하는 것이 아닙니다. 우리는 우주의 삼라만상과 지구 자체의 괴로움을 덜기 위해 수행합니다. 우리는 본래 다른 모든 존재들과 서로 연결되어 있습니다. 이와 같은 '함께 존재함interbeing'에 대한 통찰에 따라 우리는 다른 사람의 괴로움이 줄어들면 우리도 덜 괴롭다는 것을 압니다. 물론 우리의 괴로움이 줄어들면 다른 사람들 역시 덜 괴롭겠지요.

우리는 참여불교 외에 '응용불교'라는 용어도 사용하고 있습니다. 과학 분야에서 '응용'이라는 단어를 흔히 사용하는데, 불교에서는 이 말을 신중하게 사용하고 있습니다. 그러니까 우리가 현실을 이해하면, 주변의 모든 상황을 분명히 밝히고, 그 상황을 변화시키는 방법을 찾는 데 도움이 될 수 있다는 의미로 사용한다는 뜻입니다. 불교에는 상황을 밝히고 문제를 해결하는 데 도움이 되도록 어떤 환경에서나 활용할 수 있는 것이 있습니다. 또 괴로움을 줄일 수 있도록 자비와 이해로 모든 상황을 다룰 수 있는 방법도 있습니다. 이것이 응용불교의 핵심입니다.

깨어 있는 마음으로

깨어 있는 마음은 불교 윤리의 기본입니다. 마음이 깨어 있다는 게 무슨 뜻이냐고요? 그것은 우선, 가만히 멈춰 서서 지금 이 순간 일어나는 일들을 깊이 관찰한다는 뜻입니다. 이렇게 하면 우리 내부와 주변의 괴로움이 보입니다. 이 괴로움의 원인을 알기 위해 집중해서 깊이 보기를 수행해야 합니다. 괴로움을 없애기 위해 어떤 행동을 취해야 할지 알려면 괴로움을 이해해야 합니다. 통찰을 함께 나누고 어떤 행동으로 그 괴로움을 변화시킬 수 있는지 이해하기 위해 다른 사람들의 통찰과 우리 승가—좀 더 규모가 큰 수행 공동체—의 깨어 있는 마음을 이용할 수 있습니다. 집단적 통찰이 있다면 서로에게 이로운 길을 찾는 데 도움이 될 것입니다. 한 개인만이 아니라 우리 모두를 위해 괴로움을 끝내는 방향으로 나아가는 길 말입니다.

고결한 길

베트남어로 윤리를 다오 덕đạo đức이라고 하는데, '고결한 길'이라는 뜻입니다. 덕đức은 정직, 성실, 분별이라는 의미에서의 덕행을 뜻합니다. 짧은 단어이지만 그 뜻은 상당히 포괄적입니다. 용서, 자비, 관용 및 보편적인 인간다움 등 누구에게나 필요한 온갖 훌륭한 미덕을 다 포함하고 있습니다. 이 길에는 우리의 변화를 돕고, 모든 사람에게 행복한 삶을 가져다주는 덕행이 있어야 합니다. 우리가 도덕적인 인간이라면 우리 때문에 다른 사람이 괴로워하는 일은 없습니다. 이런 미덕은 자기 자신이나 남에게 괴로움을 일으키지 않는 행동 방식을 알려줍니다.

윤리를 뜻하는 또 다른 베트남어로 루앙 리luân lý라는 단어가 있습니다. 서로를 대하는 인간의 태도라는 뜻입니다. 루앙luân은 도덕성이라는 뜻이고, 리lý는 올바른 태도나 행동으로 이끄는 원칙을 의미합니다. 이상의 두 구절을 합치면 다오 리 루앙 쑤옹đạo lý luân thường이 되는데, '모든 사람이 합의한 도덕적 행동'이라는 뜻입니다. 쑤옹thường은 '공통의, 일반적인'이라는 뜻으로, '모든 사람들이 받아들일 수 있게 합의한 것'이라는 뜻입니다.

윤리는 금방금방 바뀌는 것이 아니라 일관성 있게 지속되는 것입니다. 따라서 이 단어는 합의할 수 있는 일종의 영구적 윤리나 원칙을 의미합니다. 이를 통해 우리는 한층 더 많이 이해하고 받아들이는 삶의 자세를 갖게 될 것입니다.

깨어 있는 마음, 집중 그리고 통찰

부처님께서는 제자들에게 처음 법문을 설하실 때부터, 개인이든 공동체든, 어떻게 하면 자신의 어려움을 변화시킬 수 있는지에 대해 분명하고도 실제적인 말씀을 하셨습니다. 부처님께서는 일상생활에서 어떻게 가르침을 수행할 수 있는지에 초점을 맞춰 설하셨는데, 그것이 바로 윤리입니다.

수행을 통해 깨어 있는 마음, 집중, 통찰을 얻을 수 있으므로 수행이 가장 중요합니다. 이 세 가지 에너지가 모든 불교 수행과 불교 윤리의 토대이기 때문에 이 세 가지를 말하지 않고서는 불교 윤리에 대해 말할 수 없습니다. 깨어 있는 마음, 집중, 통찰은 우리가 평화, 행복, 변화, 치유로 나아가는 길을 닦도록 도와줍니다. 그렇다고 막연히 윤리에만 초점을 두는 것은 아닙니다. 우리가 해야 할 가장 기본적인 수행은 깨어 있는 마음, 집중, 통찰의 에너지를 만들어내는 수행입니다. 우리는 자신의 통찰에 의지해 스스로를 인도하며, 자기 자신이나 세상에 자비, 이해, 조화, 평화를 가져다줍니다.

최근 한 기독교 신학자가 어떻게 하면 범세계적 영성을 가질 수 있는지 내게 물었습니다. 나를 인터뷰한 사람은 영적인 것과 윤리적인 것을 구분하고 있는 것 같았습니다. 하지만 둘은 항상 긴밀하게 얽혀 있습니다. 무엇이든 다 영적인 것이 될 수 있습니다. 깨어 있는 마음으로 찻잔을 들고 역시 깨어 있는 마음으로 그 안의 차를 바라보면서 차를 마시면 그때 차를 마시는 행위는 매우 영적인 일이 됩니다. 깨어 있는 마음으로 양치질을 하면서 이렇게 즐겁게 이를 닦는 시간을 갖는 게 행복하다는 걸 깨닫고, 내가 살아 있음과 내 주위가 온통 삶의 경이로 에워싸여 있음을 깨닫고, 기쁨과 사랑으로 충만한 가운데 양치질을 할 수 있다는 사실을 깨닫는다면, 그때는 양치질 또한 영적인 일이 됩니다. 화장실에 가서 볼일을 볼 때에도 깨어 있는 마음만 지닌다면 이 또한 아주 영적인 일이 될 수 있습니다.

윤리적인 것과 영적인 것은 깊이 연결되어 있습니다. 만일 윤리적인 것 가운데에서 영적인 것을 보지 못한다면 그 윤리는 공허한 것일지도 모릅니다. 윤리적 규범에 따라 살 수는 있지만 왜 그래야 하는지 이유를 모르기 때문에 우리는 마음에서 우러나서 규범을 따르지 않습니다. 하지만 윤리적 수행과 영적 수행이 연결되어 있다면 우리는 윤리적 길을 따르면서 그것을 통해 성장할 수 있습니다.

부처님의 첫 설법

수천 년 전, 부처님은 인도 보드가야의 신성한 무화과나무 아래에서 심오한 깨달음을 얻으셨습니다. 깨달음을 얻은 뒤 부처님께서 하신 맨 처음 생각은 모든 살아 있는 존재는 깨달을 수 있다는 것이었습니다. 부처님께서는 다른 사람들도 통찰과 깨달음을 얻을 수 있기를 바라셨습니다. 그렇다고 새로운 종교를 창시하고자 한 것은 아니었습니다. 창조주를 믿을 필요가 없는 길을 만들고 싶으셨을 뿐입니다.

깨달음을 얻은 뒤 부처님께서는 보리수 아래 앉아 계시거나 네란자나 강둑을 따라 걷기 명상을 하셨고, 근처의 연꽃 연못을 찾기도 하셨습니다. 또 이웃한 우루벨라 마을에 사는 아이들이 부처님을 찾아오기도 했습니다. 부처님은 아이들과 함께 열매를 따 먹으면서 그들에게 이야기 형태로 가르침을 펼치셨습니다.

부처님께서는 수행과 깨달음의 경험을 다섯 명의 제자와 오랜 수행의 도반들과 나누고 싶어 하셨습니다. 그들이 바라나시 근처의 녹야원에 살고 있다는 말을 듣고 부처님은 보드가야에서 거의 2주일을 걸어서 그곳으로 가셨습니다. 아마도 즐거운 마음으로 한 걸음 한 걸음 내디디셨을 것입니다.

부처님께서는 다섯 제자에게 베푼 첫 설법에서 윤리의 길에 대해 말씀하셨습니다. 통찰과 깨달음으로 가는 길을 팔정도八正道라고 합니다. 팔정도는 부처님이 말씀하신 사성제四聖諦의 네 번째 진리인 도성제道聖諦에 해당하는 것입니다. 사성제를 이해하고 일상생활에 그 통찰을 적용한다면, 우리는 이미 행복과 평화로 가는 길 위에 있는 셈입니다.

2

괴로움이 있기에 행복이 있다

부처님께서 맨 처음 행하신 설법은 네 가지 성스러운 진리, 즉 사성제에 대한 것이었습니다. 이 사성제야말로 세계 윤리를 수립하는 데 불교가 이바지할 토대입니다. 사성제란 첫째 '깨우치지 못한 세상은 괴로움'이라는 고성제苦聖諦, 둘째 '괴로움의 원인은 번뇌와 집착'이라는 집성제集聖諦, 셋째 '괴로움을 극복할 수 있다'는 멸성제滅聖諦, 넷째 '팔정도를 닦는 것이 멸성제의 길'이라는 도성제道聖諦입니다.

팔정도를 비롯한 사성제는 괴로움에 잘 대처하고 거기에서 벗어나기 위한 부처님의 전략입니다. 이들 진리를 '성스럽다', 산스크리트어로 '아리아arya'라고

하는 이유는 이것들을 통해 괴로움에서 벗어날 수 있기 때문입니다. 사성제는 괴로움에 대한 것이지만 동시에 행복에 관한 것입니다. 이 세상에 괴로움이 존재하는 건 분명하지만 또 안팎의 괴로움에서 벗어나기 위해 우리가 할 수 있는 일도 분명 있습니다. 행복, 변화, 치유는 불가능한 일이 아닙니다. 사성제는 자신이 원하는 행복을 만들기 위해 행동하라고 우리를 격려합니다. 아울러 우리 자신을 변화로 이끄는 길을 알려줍니다.

사성제는
괴로움에 관한 것이지만

동시에
행복에 관한 것입니다

행복과 괴로움은 함께 존재한다

만일 행복이 가능하다면 부처님은 왜 괴로움과 고통에 대한 이야기를 먼저 꺼내시는 걸까요? 왜 바로 행복이나 행복으로 이끄는 길에 대해서 설법하시지 않는 걸까요? 부처님은 행복과 괴로움이 서로 연결되어 있음을 아셨기에 괴로움에 대한 말씀으로 설법을 시작하신 것입니다. 이 둘은 함께 존재합니다. 괴로움에는 행복이 포함되어 있고, 행복에는 괴로움이 포함되어 있습니다. 그런데 괴로움도 쓸모가 있을 때가 있습니다. 우리는 괴로움을 통해 통찰과, 행복에 없어서는 안 될 자비와 이해를 배울 수 있습니다.

오른쪽이 있어 왼쪽이 있다

행복과 괴로움은 서로 반대되는 개념이 아닙니다. 이와 같은 비이원적 사고는 세계 윤리에 기여할 불교의 핵심요소 가운데 하나입니다. 악이 없다면 선이 있을 수 없습니다. 악이 존재하기에 선도 존재하는 것입니다.

부처님은 선과 악은 객관적 실체가 아니라 우리 마음의 산물이라고 가르치셨습니다. 존재와 비존재처럼 서로 반대되어 보이는 개념쌍이 많습니다. 흔히 존재를 비존재의 반대 개념이라고 생각하는 경향이 있는데, 사실 비존재라는 개념이 없으면 존재의 개념도 있을 수 없습니다. 오른쪽이라는 개념 없이 왼쪽의 개념이 나올 수 없는 것과 마찬가지입니다. 그런데 사실 실체란 존재와 비존재를 초월합니다. 존재와 비존재는 단순히 개념에 불과할 뿐, 그 둘은 같은 실체의 양면에 해당합니다.

왼쪽과 오른쪽에 대해 생각해보십시오. 우리는 오른쪽을 없애고 왼쪽만 가질 수는 없습니다. 연필 한 자루를 반으로 잘라서 오른쪽을 없애기로 작정했다고 상상해보십시오. 잘라낸 반쪽을 버리자마자 남아 있는 부분이 새로운 오른쪽이 됩니다. 왼쪽이 있는 한 오른쪽은 있게 마련입니다. 이는 선과 악의 경우도 마찬가지입니다. 선의 개념과 악의 개념은 서로에게서 생겨난 것입니다. 실체는 선과 악의 개념을 초월합니다.

주체와 객체도 또 하나의 반대되는 개념쌍입니다. 우리는 흔히 의식은 우리 안에 존재하고 세상은 우리 밖에 존재한다고 생각하는 경향이 있습니다. 또 주체와 객체는 서로 독립적으로 존재한다고 생각합니다. 하지만 주체와 객체는 분리된 것이 아니라 서로가 서로를 생겨나게 하는 것입니다.

실체는 주체와 객체 양쪽 다 초월합니다. 우리가 어느 정도 실체를 관찰하고 비이원성에 대한 가르침을 진정으로 이해한다면 이는 곧 우리가 제대로 이해하고 있다는 뜻입니다. 일단 팔정도의 첫 번째 덕목에 해당하는 정견正見을 갖게 되면 나머지 팔정도는 쉽게 따라옵니다. 정사유正思惟, 정어正語, 정업正業, 정명正命, 정근正勤, 정념正念, 정정正定은 모두 정견을 갖추었을 때 얻어지는 것들입니다.

세계 윤리를 위해서 불교는 어떤 독단적 주장도 하지 않습니다. 불교는 자기만 옳고 다른 것은 다 틀렸다고 말하지 않습니다. 이러한 이해는 부처님께서 오랜 수행과 깊은 관찰 끝에 도달하신 것입니다. 우리는 그저 남들의 가르침을 따르기만 할 것이 아니라 스스로 진리를 알 수 있도록 각자 깨어 있는 마음으로 깊은 관찰을 할 필요가 있습니다.

각각의 진리에는 나머지 진리가 포함되어 있다

실체의 비이원적 본성은 사성제의 한 부분이기도 합니다. 네 가지 진리라고는 하나 사실 각각의 진리에는 나머지 진리가 포함되어 있습니다. 따라서 그것들이 서로 완전히 분리되었다고 생각할 수 없습니다. 만일 우리가 사성제 중 하나를 완벽하게 이해한다면 네 가지 전부를 이해한 것이라 해도 과언이 아닙니다. 다시 말하면 진실로 괴로움을 이해하기 시작했다면, 이미 괴로움을 벗어나는 길을 이해하기 시작했다는 말이지요. 네 가지 진리는 함께 존재합니다. 각각의 진리에는 나머지 진리가 포함되어 있습니다.

사성제의 첫 번째 진리인 고성제에서 삶의 본질은 괴로움입니다. 두 번째 진리인 집성제는 괴로움의 원인에 대한 것으로, 우리를 괴로움으로 이끄는 생각과 행동에 대한 것입니다. 세 번째인 멸성제는 괴로움이 끝난 경지인 행복을 말하며, 네 번째 진리인 도성제는 행복으로 이끄는 길이 곧 팔정도라고 합니다.

집성제는 괴로움을 불러일으키는 행동이고, 도성제는 행복으로 이끄는 행동입니다. 따라서 사성제는 어떤 의미에서는 두 쌍의 원인과 결과라고 할 수 있습니다. 집성제(괴로움의 길)는 우리를 고성제(괴로움)로 이끌고, 도성제(팔정도)는 멸성제(행복, 괴로움에서 벗어남)로 인도합니다. 우리는 팔정도를 따르거나, 아니면 자신과 남들에게 괴로움을 불러일으키는 미혹의 길에 빠지거나 합니다. 우리는 언제나 이쪽 아니면 저쪽 길을 걷습니다.

깨어 있는 마음으로 호흡하기

사성제를 단순히 지식으로만 이해할 수는 없습니다. 여기에는 오로지 수행을 통해서만 이해할 수 있는 비이원성, 공空, 무아無我, 연기緣起, 무상無相 등과 같은 불교의 핵심 사상이 포함되어 있습니다.

부처님이 행하신 기본 수행은 깨어 있는 마음으로 호흡하기입니다. 우리는 모든 윤리적 행동을 취하거나 수행하기 전에 먼저 자신의 호흡부터 살필 필요가 있습니다. 자신의 호흡을 아는 것이야말로 우리가 가장 먼저 취할 수 있는 실제적이고 윤리적인 행동입니다. 아울러 인간의 근본적 괴로움과 그것을 어떻게 변화시킬 수 있는지 진실로 이해할 수 있는 유일한 방법이기도 합니다.

기닌, 폭럭, 기후변화와 같이 우리 주변의 온갖 고통을 보면 이런 문제들을 당장 해결하고 싶다는 생각이 드는 게 인지상정입니다. 우리는 무슨 일인가 하기를 바랍니다. 하지만 어떤 일을 효과적이고 윤리적으로 하자면 문제를 잘 다룰 수 있기 위해 먼저 자신이 최선의 상태여야 합니다.

깨어 있는 마음으로 멈추고, 호흡하고, 걷고, 움직일 수 있는 것이 수행의 관건입니다. 이런 일들은 언제 어디서나 할 수 있습니다. 우리는 이렇게 말할 수 있습니다.

(숨을 들이쉬면서) 나는 이것이 내 들숨임을 압니다.
(숨을 내쉬면서) 나는 이것이 내 날숨임을 압니다.

이것은 매우 간단하지만 아주 효과적입니다. 자신의 들숨과 날숨에 주의를 기울이면, 과거에 대한 생각도 멈추고 미래에 대한 생각도 멈춥니다. 대신 자기 자신에게 집중하기 시작합니다. 자신에게 집중하는 일은 우리가 가장 먼저 해야 할 일로, 이는 정치가이든 과학자이든 경제학자이든 마찬가지입니다.

이 수행이 당신과 관련 없는 일이라고 생각하지 마십시오. 만일 자신에게 집중하지 않으면 최선의 상태가 될 수 없으며, 가장 좋은 방법으로 세상을 도울 수도 없습니다. 최선의 상태가 되려면 먼저 나 자신이 되어야 합니다. 내가 어떤 상태인지에 따라 행동의 질이 결정됩니다.

(숨을 들이쉬면서) 나는 내 온몸을 압니다.
(숨을 내쉬면서) 나는 내 온몸을 압니다.

깨어 있는 마음으로 호흡하기는 우리를 우리 자신의 몸으로 도로 데려다줍니다. 우리 몸에 긴장과 괴로움이 쌓여 있으므로 먼저 자신의 몸을 인지해야 합니다. 이렇게 호흡을 하면 몸과 마음 사이에 가족 상봉 같은 일이 일어납니다. 이제 마음은 몸을 가진 마음이 됩니다. 우리가 정말 제대로 의식하면, 우리 몸에 긴장과 고통이 있다는 것을 알게 됩니다. 만일 자기 몸의 긴장과 고통을 내보낼 방법을 알지 못하면 최선을 다할 수도 없습니다.

(숨을 들이쉬면서) 나는 내 몸의 긴장을 압니다.
(숨을 내쉬면서) 나는 내 몸의 모든 긴장을 내보냅니다.

우리는 한층 더 자기 자신을 분명하게 알고 행동하도록, 지금 당장 긴장과 괴로움을 내보내고 자신을 더 나은 상태로 만들 수 있습니다. 깨어 있는 마음으로 호흡하는 가운데 몸과 마음은 지금 여기에서 하나가 되고, 살면서 부닥치는 어려운 상황에 좀 더 쉽게 대처할 수 있게 됩니다. 깨어 있는 마음으로 호흡하면 우리 몸이 한층 더 행복해집니다. 숨을 한 번 쉬면서 우리는 우리 안의 긴장을 깨닫고 그것을 내보낼 수 있습니다.

우리는 들숨과 날숨을 이용해 자기 내면의 고통스러운 감정을 깨달을 수 있습니다. 들숨을 통해 이런 감정을 인지하고 날숨과 함께 그것을 밖으로 내보낼 수 있습니다.

(숨을 들이쉬면서) 나는 고통스러운 감정이 일어나는 것을 압니다.
(숨을 내쉬면서) 나는 고통스러운 감정을 내보냅니다.

이것은 비폭력적이고도 세련되게 우리 몸의 긴장과 고통을 내보내도록 돕는 방법입니다.

기쁨과 행복을 느끼기 위해 깨어 있는 마음으로 호흡합니다. 자양분을 충분히 섭취한 가운데 기쁨을 만들어내는 방법을 안다면, 이는 곧 우리가 자기 내면과 세상의 심각한 고통에 대처할 만큼 강하다는 뜻입니다.

단 한 번의 들숨과 날숨만으로도 사성제를 수행할 수 있습니다. 우리는 자신의 긴장이나 고통을 인지하고 그것을 제 이름으로 불러줍니다. 그런 다음 그것들을 밖으로 내보내면 행복이 솟아납니다.

3

괴로움은 괴로움이 아니다

사성제의 첫 번째 진리는 고성제로, 인간의 삶 자체가 괴로움이라는 가르침입니다. 괴로움은 '둑카dukkha'라는 산스크리트어를 번역한 말입니다. 그런데 부처님은 이 진리를 어떻게 깨달으셨을까요? 바로 당신 주변에서 가난, 질병, 늙음, 죽음을 보게 된 것이 그 계기였습니다.

우리는 살아가며 이 모든 것을 보게 됩니다. 괴로움은 엄연한 현실입니다. 만일 이 사실을 인정하지 않으면 우리는 앞으로 나아갈 수 없습니다. 괴로움은 우리 안팎에 진을 치고 있습니다.

부처님은 '누가 세상을 창조했는가?'나 '삶의 목적은 무엇인가?'와 같은 형이상학적 질문 속으로 도피하는 대신, 당신 주변에서 본 사실에서 출발하셨습니다. 이것이 첫 번째 윤리적 지침입니다. 우리는 주변에서 일어나는 일의 원인을

이해하는 것, 변화를 바라기 전에 먼저 그것을 주의 깊게 관찰해야 합니다. 그러면 마음이 엉뚱한 곳을 헤매는 대신, 지금 이 순간 볼 수 있는 것을 인지하고 그것을 제 이름으로 부를 수 있습니다. 이것은 이론적인 철학이 아니라 구체적인 행동입니다. 깊이 들여다보면 괴로움이 어디 있는지 알 수 있습니다. 정말로 괴로움을 알고 그것을 제 이름으로 부를 수 있다면, 이는 우리에게 큰 도움이 될 것입니다. 그러면 우리는 자신의 괴로움에 대처하고 행복을 가져오기 위해 어떤 약을 쓰고 어떤 치료를 받아야 할지 정확히 알게 될 테니까요. 괴로움에 대한 진실을 밝히는 것이 곧, 괴로움을 멈추게 하는 진리를 깨닫는 방법입니다.

괴로움은

엄연한 현실입니다

모든 것이 다 괴로움은 아니다

이 세상의 모든 것이 다 괴로움이라고 말하는 사람들이 있습니다. 하지만 이것은 진실이 아닙니다. 부처님께서 하신 말씀을 과장한 것입니다. 부처님께선 괴로움이 있다고 말씀하셨지, 모든 것이 다 괴로움이라고 말씀하시지는 않았습니다. 모든 괴로움에는 다 그 원인이 있는데 다행히도 이런 원인들이 존재하지 않는 상태에 도달하는 것이 가능합니다. 언젠가 100퍼센트 행복하기만 할 뿐 눈곱만큼도 괴로움이 없는 날이 올 것이라고 바라서는 안 됩니다. 어쨌거나 문제가 없을 수는 없으니까요. 그래도 괴로움과 행복을 노련하게 다룰 수는 있겠지요.

괴로움을 모두 없앨 수는 없다

모든 괴로움을 다 없애버리면 우리가 행복하기만 할 것이라는 생각은 착각입니다. 우리를 우울하게 하는 일들만큼이나 우리에게 기쁨을 주는 일들도 많습니다. 오늘 아침 잠자리에서 일어나 친구와 함께 고요하고 평화롭게 앉아 있는 것도 행복입니다. 물론 그렇다고 모든 사람에게 괴로움이 하나도 없다는 말은 아닙니다. 우리는 저마다 어느 정도 괴로움을 지니고 살지만 그래도 거기에 훌륭하게 대처할 줄 압니다.

지금 이 순간 우리 눈앞에는 괴로움도 존재하지만 행복 또한 존재합니다. 그러므로 삶은 오로지 괴로움뿐이라고 말한다면, 그것은 맞는 말이 아닙니다. 물론 삶은 행복뿐이라고 말하는 것 역시 맞는 말이 아닙니다. 삶에는 괴로움과 행복이 모두 존재하며 그 둘은 각자의 역할을 수행합니다. 배고

픔이 무엇인지 모르는 사람은 절대로 무언가를 먹는 즐거움도 누릴 수 없습니다. 정말로 배가 고플 때라야 우리는 온전하게 그리고 행복하게 무언가를 먹을 수 있습니다. 하지만 이미 배가 부른 상태라면 음식을 먹을 때에도 그리 행복하지 않을 것입니다. 괴로움을 완전히 없앨 때까지 마냥 행복해지기를 기다릴 수는 없습니다. 그런 순간은 절대로 오지 않을 테니까요.

싯다르타 이야기

부처가 되신 싯다르타 왕자에 대해 많은 이야기가 전해져 내려옵니다. 이 가운데 많은 이야기는, 온실 속의 화초처럼 살던 싯다르타 왕자가 어느 날 왕궁 밖으로 산책하러 나갔다가 난생처음으로 질병과 늙음과 죽음을 목격했다는 내용으로 시작됩니다. 이러한 괴로움에 대한 깨달음이 그를 깊은 슬픔과 절망 속에 빠뜨렸고 결국 왕자는 사람들이 괴로움에서 벗어나는 길을 찾도록 도와주기 위해 스님이 되기를 바랐다고 합니다. 하지만 이런 식의 이야기는 너무 순진해 보입니다. 싯다르타는 총명하고 지적인 청년이었습니다. 그런 그가 스물아홉 살이 될 때까지 병든 사람을 본 적도 없고, 사람이 죽는 걸 본 적도 없다는 것은 말도 안 됩니다.

그의 아버지는 왕이었습니다. 그런데 당시 왕은 우리가 생각하는 것만큼 막강한 권력을 지니고 있지 않았습니다. 한편 조정에는 어려운 문제를 해결하는 데 방해가 되는 부패한 신하들이 있었을 것입니다. 따라서 아무리 왕이라 해도 자기 백성들이 겪는 괴로움을 다 해결해줄 수는 없었습니다.

이 세상에는 가난이나 굶주림에 시달리는 사람들이 매우 많습니다. 여러 가지 상황이 복잡하기 짝이 없습니다. 싯다르타는 아무리 왕이라 해도 모든 사람들의 어려움을 다 해결하고 모두에게 행복을 가져다줄 수는 없다는 사실을 깨달았을 것입니다. 그래서 모든 이에게 행복을 가져다줄 수 있는 참된 길을 찾겠다고 결심했습니다. 그분이 길을 찾아 나선 이유는 바로 이것입니다. 내게는, 무척 총명하고 지적이고 무술 실력이나 문학적 재능도 뛰어난 청년이 스물아홉 살이 될 때까지 병든 사람도 죽은 사람도 보지 못했다는 이야기보다 이것이 훨씬 더 그럴듯해 보입니다.

괴로움이란 무엇인가

전통적으로 불교의 스승들은 사람이 겪는 괴로움을 생로병사, 즉 태어남, 늙음, 병듦, 죽음이라고 설명했습니다. 자신이 사랑하는 것들과 헤어진 채 대신 싫어하는 것들과 함께 있는 상태라는 것이죠. 이 모든 것들이 괴로움을 불러일으킬 수는 있지만 그렇다고 이것들만이 괴로움의 원인은 아닙니다. 절망도 괴로움의 한 형태이고 걱정도 괴로움의 한 형태이며 우울 또한 그렇습니다. 흔히 전혀 그런 줄도 모른 채 우리는 수많은 어려움을 우리 몸과 마음에 떠안깁니다. 스트레스, 긴장, 두려움이 몸과 마음에 쌓이면 그 사람에게 괴로움을 일으킬 수 있습니다.

폭력도 괴로움의 한 형태입니다. 폭력은 다른 사람이 나를 괴롭혔기 때문에 그 사람을 파괴하고 응징하고 싶어 하는 에너지입니다. 우리 안에 그러고 싶어 안달을 부리는 마음이 정말 존재합니다. 모든 사람들의 내면에 파괴하거나 응징하고 싶어 하는 욕구가 있습니다. 그것은 우리가 사는 사회에, 우리 각자의 내면에 존재하는데, 이러한 욕구의 극치가 테러리즘입니다. 테러리즘의 바탕에는 잘못된 인식, 폭력, 걱정, 불안이 있습니다. 이 모든 감정이 한 사람 안에 마구잡이로 뒤섞여 있습니다. 만일 당신이 이 폭력과 불안의 씨앗에 물을 주어왔다면, 당신은 다른 사람이나 집단에 대해 조금만 잘못된 인식이 생겨도 당장 그들을 죽이기 위해 몸을 날릴 것입니다.

2003년 이라크 침공 직전, 서로 다른 종교를 가진 사람들이 프랑스에 모여 개최한 평화회의에서 나는 다음과 같이 연설했습니다.

"여러분은 이 도시에 사는 평범한 어른이고 어린이 들입니다. 그런데 24시간 안에 여러분 머리 위로 폭탄이 떨어지면서 이 도시가 공격당할 수 있다고 상상해보십시오. 여러분은 군함이 해안선을 봉쇄하고 있다는 것을 알고 있습니다. 그럼에도 끊임없이 두려움에 떨며 지내게 될 것입니다."

설령 아직 폭격이 시작되지 않았다 해도 이 도시에 사는 사람들은 이미 공포에 질려 있습니다. 아직 첫 번째 폭탄이 떨어지지 않았는데도 수백만 시민들은 폭격의 위협을 느끼며 삽니다. 이것은 일종의 테러리즘입니다. 전쟁에 참가하는 사람들 가운데 공포를 불러일으킨 데 대해 면죄부를 받을 수 있는 사람은 아무도 없습니다.

폭력과 화는 모든 사람의 내면에 존재하면서 시시때때로 밖으로 발산됩니다. 우리에게 폭력 에너지가 많으면 많을수록 우리는 더 많은 괴로움을 겪게 됩니다. 물론 그 에너지가 적을수록 우리의 괴로움도 줄어들겠지요. 우리 안에 있는 폭력, 스트레스, 불안은 우리 자신에게만 괴로움을 야기하는 게 아니라 우리가 사랑하는 사람이나 우리 주위 사람들까지도 괴로움을 겪게 합니다. 경우에 따라서는 물결처럼 퍼져나가서 낯선 사람들에게까지 괴로움을 불러일으킬 수 있습니다. 우리에게는 많은 괴로움이 있는데 그것들을 제 이름으로 부르는 것이 중요합니다. 그래야만 우리는 자신의 괴로움을 인정하고 그 진짜 원인을 알 수 있게 됩니다.

우리 시대의 괴로움

우리 주변에는 범세계적 괴로움에 해당하는 예들이 많습니다. 우리 시대가 만든 환경파괴라는 질병을 다음 세대가 겪게 됩니다. 테러리즘 역시 우리 시대의 병입니다. 우리 안에 폭력과 화가 존재하는데, 화는 테러리즘 형태로 나타날 수 있습니다. 테러 행위는 폭력 행위이지만 한편으로는 자포자기적 행동이기도 합니다. 종교전쟁 또한 범세계적 괴로움의 한 양상이라 할 수 있습니다. 광신, 차별, 분열, 폭력, 경제위기 등이 전부 범세계적 괴로움을 유발합니다. 지구촌 곳곳에서 발생하는 기아, 질병, 가난도 커다란 괴로움을 야기합니다. 인간의 생명과 생태계를 파괴하는 행위, 헤아릴 수 없이 많은 사회적 불평등도 모두 세계적 규모의 엄청난 괴로움을 초래합니다.

이 상황에 대해 괴로움이라는 관점에서 말해달라고 정치

가에게 요청한다고 가정해보십시오. 아마 그 사람은 실업, 범죄, 혹은 질병을 언급할 것입니다. 하지만 우리가 진정 괴로움에 대해 알고 싶은 건, 좀 더 깊숙이 들어간 측면에서입니다. 정치가는 괴로움의 원인이 아니라 증상에 대해서만 말하고 있는지도 모릅니다.

윤리적 불교는 좀 더 깊이 들어갑니다. 그것은 지극히 개인적이면서 매우 구체적입니다. 우리는 매 순간 윤리적 선택을 할 수 있는 다양한 방법에 대해 이야기하고 싶어 합니다. 우리가 개인적인 괴로움에서 시작하려는 이유도 바로 이 때문입니다. 이것이야말로 바로 이 순간 우리 앞에 있는 것입니다.

우리는 가난과 사회적 불평등을 몰아내고 지구 온난화와 경기 침체와 같은 문제에 대처할 필요가 있습니다. 하지만 먼저 우리 내면에 품고 다니는 고통스러운 감정부터 잘 다루어야 합니다. 안 그러면 그것들을 없애려다가 도리어 한층 더 많은 괴로움을 초래할 수도 있으니까요. 부처님은 사회적 불평등, 가난, 굶주림으로 인한 괴로움에 관심이 많으셨지만, 그 문제를 가지고 첫 설법을 행하진 않으셨습니다. 대신 우리 몸과 마음에 평화가 결여된 사실을 제일 처음 다루셨습니다. 우리는 실질적이고 근본적으로 괴로움에 대처하기를 소망합니다.

우리의 괴로움은 연결되어 있다

우리가 겪는 괴로움은 따로따로 존재하는 게 아닙니다. 제각기 다른 것들과 연결된 채 서로 의존하고 있습니다. 예를 들면, 불행한 가정에서 벌어지는 폭력은 각 구성원의 스트레스와 연결될 수 있습니다. 남편은 남편대로 아내는 아내대로 너무 많은 스트레스에 시달린 나머지 둘 사이에 평화나 평온이란 꿈도 꿀 수 없습니다. 그 결과 단 한마디만으로도 상대방을 자극하여 문제를 확대시킬 수 있습니다. 한 가정의 괴로움과 싸움은 퉁명스러운 태도 때문에 시작되는 게 아니라 가족 누군가의 괴로움과 스트레스에서 비롯됩니다. 그 스트레스는 다른 식구의 스트레스로 인해 점점 더 심각해지고 결국 짜증과 폭력이 발생합니다. 이렇게 모든 것은 서로 연결되어 있고 서로 의존하고 있습니다. 한 가정의 괴로움은 그 가정에만 머물지 않고 다른 많은 것들과 연결됩니다.

괴로움은 무엇으로 이루어졌는가

사람들이 항상 묻는 말이 있습니다. "우리는 왜 괴로움을 성스럽다고 해야 하나요? 괴로움 속에 성스러운 것이 있긴 한가요?" 그 대답은 이렇습니다. 괴로움 속을 깊숙이 들여다보면, 정작 거기에는 괴로움이 아닌 요소들로만 이루어져 있다고요. 부처님께서는 모든 것이 다 괴로움이라고 말씀하시지는 않았습니다. 그건 정확한 말이 아닐 것입니다. 그분은 단지 우리 안에 괴로움이 있다고만 말씀하셨습니다. 이 진리가 함축하는 바는 우리가 체념하고 죽어야 한다는 뜻이 아닙니다. 좀 더 정확히 말하면 부처님께서는 우리가 그 어려움을 인정하고 함께 나누기를 바라셨습니다. 우리는 다들 심각한 괴로움을 겪고 있으며 많은 사람들이 늘 불행하다는 느낌에 시달리고 있습니다.

흔히 둑카를 생로병사 등의 관점에서 언급하는 경우가 많습니다. 그런데 탄생과 죽음은 삶의 일부입니다. 그리고 우리가 삶을 받아들이는 한 탄생과 죽음도 받아들여야 합니다. 따라서 엄밀히 말하면 이것들은 괴로움이 아닙니다. 어떤 것이 우리에게 괴로움을 주느냐 아니냐는 우리가 그것을 어떻게 바라보느냐에 달려 있는 경우가 많습니다. 우리가 겪는 괴로움은 괴로움이 아닌 요소들로 이루어져 있습니다.

괴로움이 괴로움은 아니다

우리 안에는 커다란 기쁨이 있는데, 심지어 괴로움을 포함하는 것들 안에도 기쁨이 있습니다. 예를 들면, 부처님은 늙는 것이 어느 정도 괴로움이라고 하셨습니다. 하지만 이제 늙은이가 된 나는 매우 행복합니다. 나이 드는 것도 매우 유쾌한 일이라는 사실을 발견했습니다. 사람이 나이가 들면 젊은이들이 느낄 수도 있는 온갖 흥분이나 스트레스를 더 이상 느끼지 않게 됩니다. 대신 한층 더 성숙해지고, 서툴고 어쭙잖던 오랜 경험을 통해 좀 더 노련해지는 법을 터득하게 됩니다. 그러므로 나이가 든다는 것은 대단히 멋진 일입니다.

젊은 시절의 당신은 이제 막 흐르기 시작한 시냇물과 비슷합니다. 당신은 삶의 여정을 거치면서 수많은 바위에 부딪치고 무수한 장애물과 어려움을 만나게 됩니다. 당신은 이들 장애물을 통과해 어서 바다에 닿으려고 서두릅니다. 하지만 시냇물은 평야를 흐르기 시작하며 한층 더 넓어지고 잔잔해지면서 물에 비친 하늘의 모습을 감상할 수 있게 됩니다. 대단히 근사한 풍경이지요. 어쨌거나 당신은 바다에 도착할 터이니 흘러가는 동안 여정을 즐기도록 하십시오. 빛나는 태양과 석양, 달, 새, 나무 그리고 흘러가는 도중에 만나는 수많은 아름다운 것들을 즐기십시오. 당신의 일상생활의 모든 순간을 음미하십시오. 나이가 들었어도 얼마든지 유쾌하고 즐겁게 살 수 있습니다.

우리는 병 또한 괴로움이라고 말합니다. 하지만 병은 훗날 병균에 감염되더라도 이를 극복할 수 있도록 면역체계를 강화시켜줄 수도 있습니다. 어릴 때 자주 아팠던 아이가 종종 아주 튼튼한 십대로 자라는 경우가 있습니다. 한편 아프기라도 해야 겨우 쉴 시간을 얻을 수 있는 사람도 많습니다. 아파서 밖에 나가지 못하게 되면 우리는 깊이 볼 수 있는 시간을 가지게 되고 자신을 들여다보며 시간을 보냅니다. 어쩌면 이때가 거의 유일하게 편안하게 누워서 자기 자신에게 초점을 맞춘 채 자신을 들여다보며 시간을 보내는 기회일지도 모릅니다.

엄밀히 말하면, 죽음조차 괴로움이라고 할 수는 없습니다. 죽음 또한 삶의 일부이지 절대로 적이 아닙니다. 우리는 새로운 세포가 태어날 수 있도록 우리 몸의 많은 세포가 매 순간 죽어간다는 것을 압니다. 말하자면 죽음은 항상 일어나는 일입니다. 죽음 없이는 탄생도 있을 수 없습니다. 죽음이 없다고 상상해보십시오. 지구상에 온통 늙어 꼬부라진 노인들만 어슬렁거릴 뿐, 아기들이 태어날 공간은 없을 것입니다! 그러므로 우리는 아무 두려움 없이 죽음을 받아들일 수 있습니다. 죽음은 자연스러운 일입니다. 그런데 좀 더 깊이 보면 우리가 정말로 죽는 것이 아니라 다른 모습으로 계속 존재하리라는 것을 알게 됩니다. 어떤 모습에서 다른 모습으로 바뀌는 것은 즐거운 일일 수도 있습니다.

구름이라고 가정해보세요

당신이 구름이라고 가정해보십시오. 당신은 이것을 명상을 위한 예로 활용할 수 있습니다. 당신은 아주 미세한 얼음이나 물의 결정으로 이루어져 있습니다. 또 몹시 가벼워서 아래로 떨어지지 않고 공중을 떠다닐 수 있습니다. 수백만 톤의 물로 이루어진 어마어마한 구름장들이 그렇게 떠다니고 있습니다. 그런데 이 미세한 얼음 결정체들 사이에 상호작용이나 충돌이 있습니다. 일부 결정체들은 하나로 뭉쳐 커다란 얼음 조각을 이루어 아래로 떨어지면서 커다란 물방울이 되는데 이것이 바로 비입니다. 하지만 물방울이 반쯤 내려오다 뜨거운 공기 덩어리라도 만나면 증발해서 다시 위로 올라갑니다.

그렇게 당신은 내려왔다 올라가고, 다시 내려왔다 올라가기를 반복합니다. 구름 속에서 끊임없이 윤회, 환생, 재생이 일어나는 거지요. 구름은 새로운 삶을 살기 위해 비가 될 필요가 없습니다. 구름은 매 순간 새로운 삶을 삽니다.

하늘에 떠 있는 구름을 보고 항상 똑같은 구름이라고 생각한다면 그건 착각입니다. 구름은 매우 활동적입니다. 구름은 아주 강력한 에너지를 생성할 수 있는데 이를테면 번개와 같은 것으로, 번개는 파괴를 유발하면서 몹시 빠르게 이동할 수 있습니다. 그런데 우리 안에도 많은 구름이 있습니다. 우리는 날마다 물을 마실 때 구름도 마십니다. 그리고 우리 안에서도 똑같은 방식으로 탄생, 죽음, 재생이 일어납니다. 말하자면 우리의 일상생활에서 매 순간 탄생과 죽음이 일어나고 있습니다.

만일 누군가 "내가 죽을 때 나한테 무슨 일이 일어날까요?"라고 묻는다면, 그 사람에게 "지금 여기에서 당신에게 무슨 일이 일어나고 있나요?"라고 묻는 것이 그에게 도움이 될 수도 있습니다. 지금 여기에서 우리에게 무슨 일이 일어나는지 알 수 있다면 앞의 질문도 아주 쉽게 대답할 수 있습니다. 우리는 바로 지금 탄생과 죽음을 겪고 있습니다. 재생도 지금 이 순간 일어나고 있습니다. 새로운 사람, 새로운 존재가 되기 위해 우리는 정신적으로나 육체적으로나 매 순간 다시 태어나기 때문입니다. 그것을 어떻게 해야 할지 안다면 우리의 재생은 아름다울 것입니다.

우리에게 무슨 일이 일어날지 알기 위해 죽을 때까지 기다릴 필요는 없습니다. 지금 이 순간을 깊이 들여다보면 우리 안에서, 우리 몸에서도 의식에서도 매 순간 탄생과 죽음이 일어나고 있음을 알 수 있습니다.

일상생활에서도 끊임없이 무언가가 들어오고 나가고 있습니다. 우리는 숨을 들이쉬고 음식을 먹으며 새로운 생각과 새로운 느낌을 품습니다. 그런가 하면 숨을 내쉬고 대소변을 보며 기존의 생각과 감정을 내보냅니다. 이렇게 공기와 물, 우주 전체가 우리를 통과하면서 우리를 새롭게 만드는 동안 우리는 다른 것들을 우주로 돌려보냅니다.

우리가 구름의 죽음에 대해 말한다고 가정해보십시오. 하늘을 우러러보다가 사랑하는 구름이 더 이상 보이지 않자 외칩니다.

"아아, 내 사랑 구름이여, 그대는 더 이상 거기에 없구나. 그대 없이 내가 어떻게 살아갈 수 있을까?"

우리는 구름이 유에서 무로, 존재에서 비존재로 사라졌다고 생각합니다. 하지만 사실 구름이 죽는다는 건 불가능한 일입니다. 죽는다는 것은 당신이 무언가로부터 갑자기 아무것도 아닌 것이 된다는 뜻입니다. 당신이 어떤 사람이었다가 갑자기 아무도 아닌 비존재가 된다는 말입니다. 하지만 이것은 구름에게는 얼토당토않은 소리입니다. 구름은 무無가 될 수 없습니다. 구름이 비, 눈, 안개 또는 수증기가 되는 것은 가능하지만 무가 된다는 것은 말도 안 되는 소리입니다.

당신의 탄생이 당신의 시작은 아닙니다. 그것은 단지 당신 존재가 다른 형태로 연속하는 것에 불과합니다. 당신이 태어나기 전에도 당신은 이미 다른 모습으로 존재했기 때문입니다. 예를 들면 당신이 지금 보고 있는 이 책은 진작부터 무수히 많은 다른 모습으로 존재했습니다. 이것은 무에서 나온 것이 아니며, 무에서는 아무것도 나올 수 없습니다. 종잇장을 가만히 들여다보면 숲과 나무와 구름과 비 그리고 나무를 키워주는 흙이 보입니다. 또 나무를 자르는 톱과 벌채 노동자, 제지 공장도 보입니다. 종잇장은 결코 무에서 나온 것이 아닙니다. 그것이 종이 형태로 나타난 것은 그저 새로운 형태로 나타난 것일 뿐, 실제로 태어난 것은 아닙니다. 따라서 이 종이의 본성은 탄생도 죽음도 없는 것이라고 할 수 있습니다. 종이가 죽는다는 건 불가능합니다. 종이를 태울 때 일어나는 현상을 관찰해보면 종이가 연기, 증기, 재, 열 등으로 바뀐다는 것을 알 수 있습니다. 열은 에너지를 사방으로 발산하고, 연기는 하늘로 올라가 구름이 되며 재는 땅으로 떨어집니다. 종이는 계속 존재할 것입니다. 구름처럼, 종이처럼 우리도 계속 존재합니다. 다만 형태만 달라질 뿐이지요.

구름의 일부가 스스로 비로 변화하여 아래로 떨어져 강의 일부가 된다고 가정해보십시오. 구름의 나머지 부분은 하늘에서 아래를 내려다보며 저 아래 지구에서 계속되는 자신의 존재를 알아봅니다. 그러면서 이렇게 생각할지도 모릅니다.

"그대는 그 아래에서 여행 잘하게, 나는 여기에서 즐겁게 여행할 테니. 나의 일부인 그대여, 그대가 그 아래에서 즐겁게 여행하기를 바라네."

이 위를 떠다니는 것도 근사하지만 저 아래에서 흘러가는 것도 근사한 일입니다. 인간으로서 우리도 그것을 볼 수 있습니다. 우리는 자녀, 제자, 친구 그리고 가족들 속에서 우리 자신을 볼 수 있습니다. 그들의 행운은 우리의 행운이고 우리의 행복과 고통은 그들에게 달려 있습니다. 우리는 도처에서 우리 자신을 봅니다. 우리가 끊임없이 생각하고 말하고 행동하기 때문인데, 이런 일들이 우리를 세상에 계속 존재하게 합니다.

괴로움은 우리 마음에 달려 있다

우리가 겪는 괴로움의 상당 부분은 우리 자신의 마음에 달려 있습니다. 우리가 원하는 것을 얻지 못할 때마다 우리는 그것을 괴로움으로 여깁니다. 물론 원하는 것을 얻지 못하면 괴롭겠지요. 그런데 사실은 우리가 원하는 것을 얻었는데도 더 괴로운 경우가 종종 있습니다. 어쩌면 그것이 우리가 생각했던 것이 아닐 수도 있고, 그것 때문에 우리 삶에서 다른 것이 더 나빠졌는지도 모릅니다. 때로는 우리가 원한다고 생각한 것을 얻은 후, 더 이상 그것을 소중히 여기지 않고 다른 것을 원하는 경우도 있습니다.

두 번째 화살

아마도 사는 동안 고통은 피할 수 없을 것입니다. 하지만 당신이 괴로움을 겪느냐 마느냐는 당신에게 달려 있습니다. 괴로움은 선택하기 나름입니다. 당신 자신이 괴로움을 겪겠다고, 또는 겪지 않겠다고 선택하는 것이지요.

생로병사는 자연스러운 현상입니다. 당신이 그것을 삶의 일부로 받아들이기로 마음먹으면 그것 때문에 괴로움을 겪지 않을 수 있습니다. 설사 고통과 병이 있다 하더라도 괴로워하지 않는 쪽을 선택할 수 있습니다. 당신이 삶을, 또 당신만의 특별한 상황을 어떻게 바라보느냐는 당신의 바라보는 방식에 달려 있습니다.

우리 자신의 괴로움을 깊이 들여다보면, 그 원인을 제공한 것으로 우리가 이제까지 해왔고 지금도 하고 있는 일이 무엇인지 자문할 수 있습니다. 이는 우리의 괴로움이 실제가 아니라는 말은 아닙니다. 또 그저 우리가 괴로움을 더하는 대신 줄일 수 있고 나아가 그것을 변화시킬 수 있다는 뜻도 아닙니다.

부처님께서는 상황을 과장해서 고통을 확대시키는 일이 없어야 한다고 말씀하셨습니다. 그러면서 화살에 맞은 사람의 경우를 예로 드셨습니다. 좀 전에 화살을 맞은 사람에게 몇 분 후에 두 번째 화살이 날아와 정확히 같은 자리를 또 맞추었습니다. 두 번째 화살을 맞고 나면 아픔은 두 배로만 커진 게 아니라, 열 배 혹은 더 극심하고 고통스럽게 느껴질 수 있습니다. 따라서 정신적인 것이든 육체적인 것이든 어떤 고통이 느껴질 때, 우리는 그것이 괴로움이라는 것을 알 수 있지만 그것을 과장할 필요는 없습니다. 대신 그것과 더불어 호흡할 수 있습니다.

(숨을 들이쉬면서) 나는 내가 괴로움을 겪고 있음을 압니다.
(숨을 내쉬면서) 나는 내 괴로움을 향해 미소를 짓습니다.

우리는 괴로움을 변화시키려는 노력의 일환으로 괴로움과 아주 좋은 친구가 될 수 있습니다. 우리가 괴로움을 알아차리고 그것을 제 이름으로 부른다면 우리는 괴로움과 화해할 수 있고 그렇게 많이 괴로워하지 않아도 됩니다. 한편 온갖 괴로움으로 인한 세상의 고통을 본다면 그 괴로움을 줄이는 데 도움을 주시기 바랍니다. 우선 자기 자신부터 시작해야 합니다. 먼저 자기 자신부터 평화로워야 하고 자신의 괴로움부터 줄여야 합니다. 우리가 곧 세상을 드러내는 존재니까요. 평화, 사랑, 행복은 우리 자신에서 시작합니다. 우리가 세상에서 보는 괴로움은 고스란히 우리 내면의 괴로움, 두려움, 화에 반영됩니다. 따라서 자기 자신을 잘 돌보는 것이 곧 세상을 돌보기 위한 첫 걸음을 내딛는 일입니다.

진흙이 없으면 연꽃도 없다

이 세상에 괴로움이 없다고 상상해보십시오. 이것은 연꽃을 키워주는 진흙 없이 연꽃이 자라는 모습을 상상하려는 것과 비슷합니다. 연꽃을 대리석에 심을 수는 없습니다. 진흙이 없으면 연꽃도 없습니다. 따라서 연꽃을 피우고 싶으면 진흙이 있어야 합니다. 연꽃의 본성을 깊이 들여다보면 그 안에 있는 진흙이 보일 것입니다. 굳이 따로 진흙을 볼 필요는 없습니다. 그저 연꽃을 바라보기만 해도 그 안에 있는 진흙이 보일 테니까요. 당신은 연꽃에서 진흙을 제거할 수 없습니다. 만일 그렇게 하려고 하면 연꽃은 더 이상 연꽃이 아닙니다. 연꽃은 진흙을 비롯해 연꽃이 아닌 요소들로 이루어져 있습니다. 행복도 괴로움을 비롯해 행복이 아닌 요소들로 이루어져 있습니다.

사랑은 이해로부터

많은 사람들이 천국을, 전혀 괴로움 없이 완벽하게 행복한 곳으로 생각하고 있습니다. 하지만 행복을 이루는 바탕은 이해와 사랑입니다. 이 세상에는 이해와 사랑이 충분하지 않습니다. 우리는 이해와 사랑을 간절히 원합니다. 우리는 아무도 우리를 이해하거나 사랑해주지 않는다고 느낄 때가 종종 있습니다. 만일 사람들이 우리를 이해하고 사랑한다면 굳이 천국까지 기다릴 필요도 없을 것입니다. 바로 지금, 여기 이 지상이 행복할 수 있을 테니까요. 나는 천국의 정의를 이해와 자비가 넘치는 곳이라고 생각하는데, 거기에는 괴로움 역시 존재한다는 의미를 함축하고 있습니다. 괴로움이 없는 곳은 무언가를 배우기에 썩 좋은 곳이 아닙니다.

많은 사람들이 괴로움을 두려워합니다. 따라서 사람들이 거기에서 도망가려고 하는 것은 자연스러운 경향입니다. 그런데 그러다 보니 이것이 집단적 습관이 되어버렸습니다. 괴로움으로부터 도피하기 위해 술이나 마약, 진정제, 신경안정제 등에 의존하는 일이 유행처럼 번지고 있습니다. 하지만 고성제는 도망치지 말고 괴로움을 인정해야 한다고 주장합니다. 괴로움을 이해하지 못하면 행복도 이해할 수 없습니다.

자비와 사랑은 이해에서 생겨납니다. 상대방의 기쁨과 슬픔을 이해하지 못하면서 어떻게 그를 사랑할 수 있나요? 자기 자녀나 배우자의 아픔과 시련을 이해하지 못하면서 어떻게 그들을 사랑할 수 있나요? 만일 당신이 누군가를 사랑하고 행복하게 해주기를 원한다면 다음과 같이 자문해보십시오. "나는 내 자녀를 제대로 이해하고 있는가?" "나는 내 아내 혹은 남편을 제대로 이해하고 있는가?" 당신은 배우자나 친구 또는 자녀에게 직접 물어볼 수도 있습니다. "여보, 내가 당신을 제대로 이해하는 것 같아?" 그럼 그 사람이 대답해줄 것입니다.

만일 당신 배우자에게 다음과 같이 말한다면 무슨 일이 벌어질까요? "여보, 나는 당신을 사랑하고 있고 행복하게 해주고 싶어. 그래서 당신을 좀 더 잘 이해했으면 좋겠어. 어릴 때, 당신은 무엇이 괴로웠고 무슨 일로 행복했어? 나에게 말해줘. 내가 당신을 이해하지 못하면 당신에게 좋은 배우자가 될 수 없잖아." 이것이야말로 사랑의 언어입니다.

사랑하는 사람을 이해하기 위해서는 그 사람의 어려움과 좌절, 고통을 이해해야 합니다. 만일 당신이 자신의 고통을 이해했다면 다른 사람의 고통을 이해하기도 한결 쉬울 것입니다. 자기 내면에 존재하는 괴로움의 본성을 이해한다면 자기 주변에 존재하는 괴로움의 본성을 이해하기도 훨씬 쉬울 것입니다.

부처님께서는 우리에게 자신의 괴로움에서 도망치지 말라고 충고하십니다. 대신 그것을 기꺼이 맞아들이고 깊이 들여다보라고 하십니다. 깊이 들여다보는 가운데 이해가 싹트고 자비가 생겨납니다. 그리고 이해와 자비가 있어야 행복도 가능합니다.

멈추기 그리고 깊이 보기

다른 사람의 괴로움을 이해하기 위해서는 자신의 괴로움을 더 깊이 들여다보고 관찰하고 거기에 귀를 기울이는 수행이 필요합니다. 깊이 보는 방법이란 지금 하고 있는 다른 일을 전부 다 멈추고 지금 관찰하고 있는 대상에 오롯이 집중하는 것입니다. 이것은 두 부분으로 이루어져 있습니다. 첫 번째는 멈추기로 산스크리트어로는 사마타Śamatha라고 합니다. 멈추기를 하면 마음이 무척 고요해지면서 대상을 깊이 보게 됩니다. 두 번째는 비파사나vipaśyanā로 깊이 보기입니다. 멈추기를 수행하면 보다 명료해진 마음으로 대상을 볼 수 있습니다. 다른 일을 멈추고 긍정적인 것을 접하면 몸과 마음이 상쾌해집니다. 당신은 스스로 수행의 자양분을 얻습니다.

간단한 인사

여기서 멈춘다고 할 때, 과연 무엇을 멈춘다는 것일까요? 마음을 멈춘다는 말입니다. 당신이 깨어 있는 마음으로 걷거나 앉아 있다면 그대로 계속 걷거나 앉아 계십시오. 다만 한 걸음 내딛고 한 번 숨을 쉴 때마다 마음을 멈추고 지금 이 순간으로 돌아오십시오. 자신의 걱정과 불안에 그만 신경을 곤두세우고 그것들이 지나가도록 하십시오. 물론 이 걱정과 불안은 언젠가 다시 돌아올 테지만, 당신은 그것들에게 그저 "안녕" 하고 인사했다가 다시 "잘 가"라고 할 수 있습니다. 억지로 쫓아내거나 그것들과 싸울 필요가 없습니다. '어휴, 지겨워. 난 그 모든 걸 너무 많이 생각하고 있어'라고 생각할 필요도 없습니다. 그냥 "안녕" 하거나 "잘 가"라고만 하면 됩니다. 걱정스러운 생각이 계속 떠오른다면 이 인사를 여러 번 할 수 있습니다. 그러는 동안 서서히 당신의 멈추기는 편안해지고 쉬워질 것입니다.

자비심 기르기

우리는 괴로움으로부터 많은 것을 배울 수 있습니다. 괴로움의 본성을 깊이 들여다보는 것은 이해심과 자비심을 기르는 데 도움이 됩니다. 우리가 '괴로움의 미덕'에 대해 말할 수 있는 것도 다 이 때문입니다. 괴로움을 겪었다는 건 바람직한 일입니다. 왜냐하면 그 덕분에 무언가를 배울 수 있고 행복해질 가능성도 생기기 때문입니다. 우리는 괴로움을 이용할 수 있습니다. 괴로움을 통해 이해와 사랑을 만들 수 있습니다.

괴로움을 다루는 것은 기술입니다. 당신이 자신의 아픔과 슬픔, 두려움을 어떻게 다룰지 안다면 행복을 어떻게 만들어낼지도 아는 셈입니다. 행복을 만드는 기술과 괴로움을 다루는 기술은 똑같은 것이니까요.

괴로움을 제 이름으로 부르기

고성제에 의하면, 우리는 자신의 괴로움을 제 이름으로 부를 필요가 있습니다. 우리를 괴롭게 하는 그것에 일단 이름을 붙이고 나면, 그것을 변화시킬 방법을 찾기 위해 하나하나의 괴로움을 더 깊이 들여다볼 수 있습니다. 불행의 본성을 모른다면 행복으로 이어지는 길도 찾을 수 없을 것입니다. 괴로움을 깊이 들여다보면 불행이 어떻게 만들어지고 그것을 행복으로 변화시킬 수 있는 길이 무엇인지에 대한 진리를 발견하게 됩니다.

4

우리를 괴롭게 하는 것들

일단 자신의 괴로움을 제 이름으로 불렀다면 이제 이 괴로움이 어디서 비롯되는지 깊이 들여다볼 필요가 있습니다. 우리의 삶이 괴로움이라는 첫 번째 진리를 인정한다면 이 괴로움에 원인이 있다는 사실도 인정해야 합니다. 모든 것에는 다 뿌리가 있기 때문입니다. 그 뿌리를 깊이 들여다보고 조사하는 것만으로도 우리는 이미 괴로움을 변화시키기 시작했습니다.
그렇다면 괴로움은 어떻게 생겨났을까요? 우리는 부처님이나 하느님께서 불가사의한 이유로 괴로움을 만들었다고 믿을 필요는 없습니다. 다만 명료한 정신과 고요한 마음으로 그 원인을 깊이 들여다보고 파악하면 됩니다. 그러면 괴로움을 야기하는 인식의 방식과 생활이 있음을 알 수 있습니다. 이것이 괴로움의 원인인 집성제입니다.

집성제는 하나의 길로 생각할 수 있습니다. 하지만 기쁨과 행복으로 인도하는 길은 아닙니다. 괴로움으로 이어지는 길입니다. 그동안 많은 사람들이 화, 차별, 폭력, 무지, 절망으로 이어지는 길을 선택해왔습니다. 괴로움의 길은 잘못된 견

해, 잘못된 사유, 잘못된 말, 잘못된 행동, 잘못된 생활 방식, 잘못된 근면함, 잘못된 깨어 있는 마음, 잘못된 집중으로 이루어진 비천한 길입니다. 우리가 어떻게, 왜 괴로움의 길을 걸어왔는지 이해하고 나면 그 반대의 길을 볼 수 있게 됩니다. 행복으로 인도하는 길인 팔정도가 저절로 드러날 것입니다.

우리는 왜 경제 위기의 한복판에 서 있는가? 왜 그렇게 많은 환경오염과 테러 행위와 기후변화가 일어나고 있는가? 이런 질문에 대한 해답을 찾기 위해 정말로 깊이 보려면 시간과 장소가 필요합니다. 각자의 종교가 무엇이든 우리는 우리가 사는 세상의 진정한 괴로움을 인정해야 하며 그 원인을 규명하기 위해 한 자리에 모여 머리를 맞대야 합니다.

몇몇 불교 선사들은 욕망이 모든 괴로움의 근본 원인이라고 합니다. 하지만 이것은 정답이 아닙니다. 욕망은 잘못된 길의 극히 일부에 불과합니다. 우리가 겪는 괴로움의 요체는 잘못된 견해에서 비롯된 것으로, 이 견해가 다시 잘못된 사유나 기타 문제를 불러일으킵니다. 세상의 괴로움이나 우리 자신의

괴로움은 잘못된 견해와 잘못된 사유에서 생겨난 것입니다. 우리 자신이 괴로움을 야기하는 주범임을 알게 되면 그것을 어떻게 변화시킬 수 있는지도 알 수 있게 됩니다.

지구 온난화 문제를 해결하고 싶다면 지구 표면을 데우는 이산화탄소를 발생시키는 것이 무엇인지 알아야 합니다. 미국의 경우 이산화탄소 오염의 가장 큰 원흉은 석탄 발전소들인데 해마다 25억 톤의 이산화탄소를 배출하고 있습니다. 두 번째 원흉인 자동차도 매년 15억 톤가량의 이산화탄소를 배출합니다. 우리는 우리가 날마다 소비하는 것들 가운데 기후변화에 일조하는 것들 또한 알아야 합니다. 우리는 차를 몰고 전기와 가스를 사용하며 목축을 위해 숲을 파괴합니다. 이 모든 일들이 지구 온난화에 일조합니다. 차를 많이 타고 전등을 계속 켜놓고 고기를 너무 많이 먹으면 우리가 겪는 괴로움의 원인도 그만큼 증가합니다.

집성제를 깊이 들여다보면 우리 자신의 괴로움을 유발하는 방식만이 아니라 그것을 변화시키는 방법도 보입니다. 우리가 자기 자신을 잘 돌보고 스트레스도 덜 받으면 자신의 괴로움도 줄어들고 사랑하는 사람에게 짜증을 내거나 그 사람과 충돌하는 일도 줄어듭니다. 그러면 자신을 건강하게 유지할 가능성이 한층 높아집니다. 만일 우리가 고기를 먹지 않는다면 농부들은 식용으로 도축하기 위해 목축을 하지 않을 것입니다. 또 차를 타지 않는다면 이산화탄소 배출이 훨씬 줄어들 것입니다. 아울러 대기업을 향해 환경오염 행위를 중단해야 한다고 목소리를 높인다면, 이는 곧 우리가 괴로움을 줄이고 평화를 증진하는 활동을 적극적으로 하고 있다는 뜻입니다.

괴로움은

우리 스스로
벗어나야 합니다

네 가지 자양분

우리가 소비하는 것이 곧 우리가 겪는 괴로움의 상당 부분 원인을 제공합니다. 부처님께서는 네 가지 자양분에 대해 말씀하시면서 그것을 우리에게 행복이나 불행을 가져다주는 네 가지 음식으로 여기셨습니다. 행복과 괴로움은 우리가 날마다 먹는 자양분인 음식이라고 이해할 수 있습니다.

부처님께서는 "만일 그대가 그동안 존재해온 것, 즉 그대의 고통과 우울증의 본성을 깊이 들여다보고 그것을 만들어낸 자양분의 원천이 무엇인지 밝혀낸다면 그대는 이미 변화와 치유의 길에 들어선 것이니라"고 말씀하셨습니다.

첫 번째 자양분

깨어 있는 마음으로 먹기

첫 번째 자양분은 음식입니다. 실제로 입에 넣고 씹거나 삼키거나 마시는 것들이지요. 그것이 좋은 음식, 건강한 음식이라면 문제는커녕 행복만 있을 것입니다. 하지만 음식이 바람직하지 않으면 병이 날 수도 있습니다. 따라서 음식을 먹기 전에 식탁에 놓인 요리들을 잘 살펴보면서 그것이 좋은 음식인지 아닌지 숨을 들이쉬고 내쉬며 판단해야 합니다. 그런 다음 건강에 좋지 않다고 판단되는 요리를 치울 수 있습니다.

깨어 있는 마음으로 음식을 먹는 일은 장보기에도 영향을 미칩니다. 식료품 가게나 시장에서 깨어 있는 마음으로 장을 본다는 것은 무엇을 사고 무엇을 사지 말아야 할지 안다는 뜻입니다. 우리는 건강한 식품을 선택할 수 있습니다. 깨어 있는 마음으로 행하는 소비는 요리 방식에도 영향을 미칩니다. 요리하는 시간은 깨어 있는 마음을 수행하는 또 다른 기회입니다. 식사하기 위해 식탁에 둘러앉는 시간도 깨달음을 얻을 수 있는 또 하나의 기회입니다. 우리는 다른 생명체의 고통을 줄이는 방식으로 음식을 먹을 수 있습니다. 단순히 먹는 방식 하나만으로도 지구를 보존하는 데 도움을 줄 수 있습니다. 올바르게, 또 자비심을 키울 수 있는 방식으로 먹는 것이 어떤 것인지 안다면 말이지요. 자비가 없으면 다른 생명체와 좋은 관계를 맺을 수 없기 때문에 우리도 행복할 수 없습니다.

아들의 살

첫 번째 자양분인 음식을 설명하기 위해 부처님께서는 사막을 건너던 젊은 가족 이야기를 예로 드셨습니다. 그 가족이 사막을 반쯤 건넜을 때 식량이 떨어졌습니다. 수없이 고민하고 논쟁을 벌인 끝에 부모는 어린 아들을 죽여서 그 살을 먹기로 했습니다. 이 이야기를 전한 다음 부처님께서 스님들에게 물었습니다.

"나의 도반들이여, 과연 그 부부는 아들의 살을 맛있게 먹었겠느냐?"

스님들이 대답했습니다.

"아니요, 부처님. 그럴 수는 없습니다. 아무도 자기 아들의 살을 맛있게 먹을 수는 없습니다."

그러자 부처님께서 말씀하셨습니다.

"우리가 음식을 먹을 때에는 우리 안의 자비를 지킬 수 있는 방식으로 먹어야 하느니라. 그러지 않으면 자기 자식의 살을 먹는 것과 같아질 것이니라."

깨어 있는 마음 없이 음식을 먹는 것, 이는 자기 아들이나 딸의 살을 먹는 것과 마찬가지입니다. 세계보건기구의 조사에 의하면, 식량 부족이나 영양실조로 인해 매일 4만 명 넘는 어린이들이 죽어갑니다. 그런데도 서구 여러 나라에서는 여전히 엄청난 양의 음식을 낭비하고 있습니다. 우리는 우리가 키운 곡물을 양조용이나 사료로 사용합니다. 우리는 쇠고기, 돼지고기, 닭고기를 먹고 싶어 합니다. 그런데 450그램의 고기를 얻으려면 그 열 배 내지 스무 배나 되는 곡물을 사용해야 합니다. 그런데 사람들이 먹을 곡물이나 쌀, 옥수수도 충분하지 못한 게 현실입니다. 따라서 우리가 먹는 고기 조각을 깊이 들여다보면 그것이 기아나 영양실조로 죽어가는 사람을 구하는 데 사용될 수 있었던 엄청난 양의 곡물로 만들어졌다는 것을 알게 됩니다.

깨어 있는 마음은 다른 사람들이 볼 수 없는 것을 볼 수 있도록 도와줍니다. 바로 이러한 이유 때문에 우리는 어떤 음식을 먹기 전에 그것을 먹는 것이 자비심을 키우는 데 해로울지 이로울지 알기 위해 반드시 그 음식을 보아야 합니다. 아래의 식사 명상은 아주 유용합니다.

우리는 자비심을 적극적으로 지켜나가고 다른 생명들의 고통을 줄이고 지구를 보존하고 지구의 기후변화를 되돌릴 수 있는 방법을 통해 음식을 먹겠습니다.

두 번째 자양분

감각으로 전해지는 인상

두 번째 음식은 감각으로 전해지는 인상입니다. 이 음식은 입이 아니라 우리의 눈과 귀와 코, 몸과 마음으로 소비하는 것입니다. 그 내용이 무엇이냐에 따라 텔레비전이나 책, 영화를 보고, 인터넷을 하고 대화를 나누는 것이 이로울 수도 있고 해로울 수도 있습니다. 때때로 우리는 엉뚱한 이유로 괴로워하면서 한층 더 많은 소비를 하며 그 괴로움에서 벗어나고자 합니다. 하지만 이런 행동은 더 많은 괴로움만 초래할 뿐입니다. 우리는 잔뜩 열을 받은 채 텔레비전 쇼를 보지만 그 내용 때문에 속이 더 뒤집어집니다.

감각적 소비에는 우리가 다른 사람들한테 듣는 것도 포함됩니다. 남에 대한 험담이나 비난, 욕설 따위를 듣는 것은 곧 이런 것들을 소비한다는 뜻입니다. 우리가 소비하는 것이 우리를 짜증, 분노, 갈망으로 채우면 그것은 다시 세상에 더 많은 짜증, 분노, 갈망을 발생시킵니다. 읽고 보고 듣는 것들이 우리 자신과 남들에게 더 많은 괴로움을 일으키지 않도록 우리는 깨어 있는 마음으로 소비하는 전략을 세워야 합니다.

피부병이 든 암소

감각으로 전해지는 인상을 잘못 소비하는 행위가 어떤 괴로움을 불러오는지 설명하기 위해 부처님께서는 병에 걸리는 바람에 사실상 가죽이 전혀 남지 않은 암소의 끔찍한 모습을 예로 드셨습니다. 가죽이 없어 암소는 온갖 미생물의 공격을 받아야 했습니다. 소가 땅에 누우면 흙에 사는 미생물이 소에게 달라붙어 피를 빨아 먹습니다. 소가 나무나 오래된 담장 가까이 끌려가면 이번에는 나무껍질이나 숲, 돌에 사는 미생물들이 밖으로 기어 나와 소의 피를 빨아 먹습니다. 암소는 자신을 보호할 방도가 없습니다. 가죽이 거의 없다시피 했기 때문이지요.

현대 생활에서 우리는 날이면 날마다 하루 24시간 내내 광고, 폭력, 선정적인 프로그램, 욕망을 자극하는 각종 그림이나 사진에 노출되어 있습니다. 우리 마음이 깨어 있지 않다면, 우리에겐 자신을 보호해줄 피부가 없는 셈이고 따라서 우리가 보고 듣는 것들이 우리를 뚫고 들어와 공격할 것입니다. 깨어 있는 마음이 없으면 우리는 자신을 보호할 방어 수단이 없는 셈이고 따라서 괴로움을 겪을 수밖에 없습니다.

차를 타고 시내를 통과할 때, 우리는 자신의 의사와 상관없이 감각으로 전해지는 인상을 소비하게 됩니다. 온갖 광고가 우리와 아이들의 의식을 뚫고 들어옵니다. 그런데 아이들은 이런 해로운 소비의 원천을 걸러낼 능력이 부족합니다.

텔레비전 없이 살기

어느 날 내가 살고 있는 수련원인 플럼 빌리지에 어린 소년이 하나 들어왔는데 아이는 오자마자 당장 떠나고 싶어 했습니다. 텔레비전이 없었기 때문이지요. 꼬마는 텔레비전 없이 산다는 것은 상상도 할 수 없는 일이라고 했어요. 좌선, 깨어 있는 마음으로 아침 식사하기, 걷기 명상 등으로 이루어진 일과표를 보더니 아이가 말하더군요.

"여긴 꼭 군대 같네요."

그 말을 듣고 비구니 한 분이 말했답니다.

"좋아, 집으로 돌아갈 수 있도록 너를 기차역에 데려다주마. 그래도 몇 시간은 기다려야 돼. 다음 기차는 저녁 7시나 되어야 출발하거든."

기차 시간을 기다리는 동안 한 무리의 아이들이 와서 같이 놀자고 그를 불러냈습니다. 이윽고 기차역으로 갈 시간이 되자 소년이 말했습니다.

"저기, 하루 더 있을 수 있는데요."

결국 아이는 이곳에 2주일이나 머물렀습니다. 그러다가 집으로 돌아갈 시간이 되자 아이가 엄마에게 따지더군요. "왜 집으로 가야 해요?"

소년은 텔레비전 없이도 아주 잘 살 수 있다는 것을 깨달았고 자신에게 훨씬 더 좋은 자양분을 제공하는 다른 것들이 있다는 사실도 알았습니다. 우리는 이런저런 감각적 인상을 소비하지 않고는 살 수 없다고 생각할지 모릅니다. 그러나 우리가 노력한다면, 우리에게 건강한 자양분을 소비할 수 있는 공간과 기회, 협조적인 환경이 제공된다면, 우리의 고통은 줄어들 것입니다.

세 번째 자양분

바른 욕구

세 번째 자양분은 열망 혹은 욕구라고도 불리는 의지입니다. 우리 모두에게는 내면에 깊은 욕구가 있는데 이 욕구가 자양분입니다. 만일 우리에게 아무 욕구도 없다면 우리는 사는 데 별로 신경을 쓰지 않을 것입니다. 에너지도 전혀 없을 테고요. 사람은 누구에게나 진정 깊은 욕구가 있습니다. 그런데 그 욕구 자체가 건강하거나 유해한 것일 수 있고 행복이나 고통을 가져올 수 있습니다.

싯다르타가 수행을 하기 위해 왕궁을 떠날 때, 그분에게는 사람들이 좀 덜 괴로워하도록 도와주기 위해 수행을 하고 깨달음을 얻으려는 욕구가 있었습니다. 이것은 건전한 욕구이고 훌륭한 자양분입니다. 이 자양분이 부처님께 어려움을 극복하고 당신의 열망을 달성할 수 있는 많은 에너지를 주었습니다. 반면 세상에는 남을 죽이거나 응징하는 것과 같은 백

해무익한 욕구도 있습니다.

자비는 긍정적인 에너지입니다. 당신이 사회사업가라면 영양실조로 죽어가는 개발도상국 어린이들을 돕고 싶을 것입니다. 만일 당신이 가서 그들을 돕기로 자원한다면 이는 당신이 단순한 삶을 살기로 했다는 뜻입니다. 당신은 건전한 욕구라는 힘을 지녔기 때문에 그렇게 할 수 있습니다. 자신의 가장 뿌리 깊은 욕구를 인지했다면, 우리는 그것이 건강한 욕구인지 아닌지, 또 고통을 가져오는 욕구인지 행복을 가져오는 욕구인지 알 수 있습니다. 왜냐하면 그것이 우리 생명에 자양분을 제공하는 음식이기 때문입니다.

힘센 두 사람에게 끌려가다

세 번째 자양분을 설명하기 위해 부처님은 힘이 센 두 남자가 한 남자를 타오르는 불구덩이 속으로 끌고 가는 장면을 예로 드셨습니다. 그들에게 끌려가는 청년은 죽고 싶지 않습니다. 힘이 센 두 남자는 우리 내면에 존재하는, 매우 강력하나 우리에게 많은 고통만 안겨주는 부정적 의지를 의미합니다. 해로운 의지의 예로는 섹스, 명예, 부, 복수에 대한 갈망과 다른 사람에게 고통을 불러일으키는 일이 있습니다. 만일 당신이 그런 욕구에 따라 움직인다면 이는 마치 당신이 욕구에게 유괴당하여 불구덩이를 향해 끌려가고 있는 것과 비슷합니다.

네 번째 자양분

우리의 의식

네 번째 자양분은 집단의식입니다. 우리는 주위 사람들의 사고방식에 영향을 받습니다. 또 다양한 방식으로 다른 사람들의 견해를 소비합니다. 그런데 개인의식은 집단의식으로 이루어지고 집단의식은 개인의식으로 이루어집니다. 우리가 사는 세상을 설계하는 것은 우리의 의식입니다.

백 번 찔리기

이 자양분을 설명하기 위해 부처님께서는 체포되어 왕 앞으로 끌려간 죄수를 예로 드셨습니다. 왕은 죄수를 백 번 찔러 죽이라고 명령합니다. 그런데 다음 날 아침에 보니, 죄수는 백 번이나 찔렸는데도 죽지 않았습니다. 그러자 왕은 정오에 그 죄수를 다시 백 번 찔러서 죽이라고 명령합니다. 그런데도 죄수는 죽지 않습니다. 그러자 왕은 다시 그날 저녁에 똑같은 방법으로 그를 처형하라고 명령합니다.

집단의식에 감염된 상처는 수없이 찔린 상처들만큼이나 고통스러울 수 있습니다. 주위 환경에서 독소를 빨아들이는 것은 백 번이나 찔리는 것과 같다고 할 수 있습니다.

주위 사람들이 몹시 화가 나 있고 폭력적이고 잔인한 환경에서 살고 있다면 우리도 조만간 그들처럼 화가 나고 잔인해질 것입니다. 설사 우리가 그렇게 되길 바라지 않는다 해도 이런 일은 벌어집니다. 왜냐하면 우리는, 특히 우리 아이들은 우리를 둘러싸고 있는 집단의식으로부터 끊임없이 영향을 받고 침범당하기 때문입니다.

원초적 두려움

우리는 우리에게 더 많은 괴로움만 안겨줄 뿐인데도 왜 해로운 자양분을 계속 소비하고 있을까요? 그 이유들 가운데 하나로 우리는 아주 어릴 때부터 이날 이때까지 내면에 커다란 원초적 두려움을 가지고 있다는 것을 들 수 있습니다. 그 원초적 두려움에서 관심을 돌리기 위해 소비하는 행위가 결국 더 많은 괴로움을 초래합니다. 갓난아기일 때 우리는 연약하기 짝이 없었습니다. 또 혼자 힘으로는 살아남을 수 없다는 것도 알고 있었습니다. 우리는 그것을 원초적 두려움이라고 부릅니다.

그런데 이제 모든 상황이 다 괜찮아 보이는데도 우울해하면서 계속 괴로워하는 사람들이 있습니다. 우리에게는 과거로 돌아가려는 경향이 있습니다. 설사 그곳에 많은 괴로움이 있다 하더라도 우리는 과거의 그 집에서 좀 더 편안한 기분이 됩니다. 자신의 원초적 괴로움과 두려움을 버리지 못했기 때문에 우리는 자꾸자꾸 과거로 돌아갑니다.

당신이 바다를 안전하게 건너서 다른 나라에 도착해 망명이 허락된 보트피플이라고 가정해보십시오. 당신은 안전하고 직장도 있습니다. 하지만 당신 마음속에는 당신이 건넜던 바다의 모습이 여전히 남아 있습니다. 바다를 건널 동안 당신은 언제라도 물에 빠지거나 상어에게 잡아먹힐 수 있었습니다. 바다를 건너는 것은 매우 위험한 일로 수십만 명의 보트피플이 바다에서 죽었습니다. 따라서 당신은 여전히 그 기억을 지닌 채 마음속에서 그 장면을 지울 수 없습니다. 그리고 그 바다를 떠올릴 때마다 괴로움에 시달립니다. 하지만 그것은 기억 속의 장면에 불과합니다. 실제 바다에는 빠져 죽을 수 있지만 기억 속의 장면에는 빠져 죽을 수 없습니다.

우리를 구속하는 열 가지 족쇄

우리의 괴로움은 주로 우리 마음과 우리가 세상을 보는 방식에서 비롯됩니다. 불교 전통에는 우리를 구속하고 우리의 자유를 빼앗는 열 가지 족쇄, 즉 삼요자나samyojana가 있습니다. 산스크리트어인 삼요자나는 '매듭'이라고 번역할 수 있는데, 이 열 가지 족쇄는 우리 내면에 있는 단단한 매듭과 같습니다. 이 족쇄들은 우리가 하고 싶지 않은 일과 말을 하라고 등을 떠미는데 그 힘이 아주 막강합니다. 이 매듭을 풀려면 깨어 있는 마음과 집중력, 통찰 또한 막강해야 합니다.

첫 번째 족쇄

갈망

첫 번째 족쇄는 갈망입니다. 갈망이 위험한 것은 갈망의 대상을 우리가 정말로 원하는 것이라고, 우리에게 진짜로 행복을 가져다줄 수 있는 것이라고 믿기 때문입니다. 그 결과 갈망의 대상을 추구하는 행위의 위험성을 보지 못합니다. 그런데 일단 마음속에 갈망이 생기면 우리 마음은 더 이상 평화롭지 못합니다. 그러니까 지금 우리가 소유하고 있는 것, 현재의 우리 모습에 만족하지 못합니다.

부처님의 가르침은 현재, 지금 이 순간 행복하게 사는 문제에 관한 것입니다. 하지만 마음속에 갈망의 불꽃이 타오르기 시작하면 더 이상 그렇게 살 수 없습니다. 자신이 갈망하는 대상을 얻지 못하면 진실로 행복할 수 없습니다. 그 바람에 우리는 마음의 평화도 모조리 잃어버리고 지금 여기에서 행복을 누릴 능력도 상실합니다. 그렇다면 어떻게 이 족쇄를 풀어야 할까요?

부처님께서는 갈망을 설명하기 위해 여러 가지 비유를 사용하셨습니다. 그중 갈망에 시달리는 사람을 횃불을 든 사람이 바람을 맞으며 가고 있는 것에 비유하셨습니다. 불이 그 사람의 손을 태우겠지요. 또 다른 비유로 살점 하나 붙어 있지 않은 뼈다귀를 물어뜯고 있는 개에 비유하신 것이 있습니다. 아무리 뼈다귀를 씹어봤자 개는 절대로 만족할 리 없습니다. 살점 한 조각, 육즙 한 방울 남아 있지 않은 뼈다귀니까요. 오늘날에는 뼈다귀가 플라스틱으로 만들어져 있을지도 모릅니다. 갈망의 대상이란 그런 것입니다. 결코 우리를 만족시킬 수 없는 것입니다.

세 번째 비유는 물고기를 잡는 데 사용하는 낚싯바늘과 미끼의 비유입니다. 당신은 미끼를 끼운 낚싯바늘을 강에 던집니다. 눈앞에 어른거리는 미끼가 하도 매력적이라 물고기는 그것을 물고 싶어합니다. 하지만 물고기는 미끼 안에 낚싯바늘이 숨겨져 있다는 걸 모릅니다. 갈망의 대상도 이와 같아서 그 안에 위험이 도사리고 있습니다. 때로는 미끼가 플라스틱으로 되어 있는 경우도 있어서 물고기는 그것을 먹을 수조차 없습니다. 그런데도 미끼가 너무 매력적으로 보여서 물고기는 그것을 덥석 물었다가 낚싯바늘에 걸리고 맙니다. 그러므로 우리는 갈망하는 대상의 참된 본성을 알기 위해 깊이 보아야 합니다. 우리가 그 본성을 똑똑히 보면 그것의 매력이 사라지면서 우리는 자유로워질 것입니다. 바로 이런 이유로 우리는 갈망하는 대상 안에 숨겨진 위험을 알기 위해 깊이 보아야 합니다.

두 번째 족쇄

분노와 폭력

두 번째 족쇄는 분노와 폭력입니다. 분노의 불길은 갈망의 불길만큼이나 파괴적입니다. 화가 치밀면 우리 마음은 평화를 잃어버리고 지금 여기에서 행복을 누릴 능력도 사라집니다. 우리의 분노가 무지와 잘못된 견해에서 비롯된다는 걸 알기 위해서는 집중과 깊이 보기를 수행해야 합니다. 고성제와 집성제—괴로움과 그 원인들—를 이해하면 분노도 극복하고 분노의 매듭도 풀 수 있습니다. 마음속에서 분노가 일기 시작하는 걸 느끼면 우리는 분노의 매듭을 풀 수 있는 방식으로 멈추기와 호흡하기를 수행할 수 있습니다.

세 번째 족쇄

무지

세 번째 족쇄는 무지인데 무지는 잘못된 견해를 의미합니다. 우리는 혼란스러워하며 어디로 가야 할지 무엇을 해야 할지 모릅니다. 그 결과 무지에서 비롯된 잘못된 말과 행동을 합니다. 우리는 무엇이 옳고 무엇이 그른지 잘 모릅니다. 그런데도 가만히 앉아서 통찰이 생기기를 기다리는 대신 무지에서 비롯된 행동을 합니다. 이것이 우리가 풀어야 할 세 번째 족쇄입니다.

네 번째 족쇄

콤플렉스

네 번째 족쇄는 자신을 남과 비교하느라 시간과 에너지를 낭비하게 만드는 콤플렉스입니다. 콤플렉스에는 세 가지 종류가 있는데 우월 콤플렉스, 열등 콤플렉스, 동등 콤플렉스가 그것입니다. 이것들은 모두 우리를 구속하는데 심지어 동등 콤플렉스도 마찬가지입니다. 우리의 관심이 온통 '자기 자신 대 다른 사람'이라는 생각에 꽂혀 있기 때문입니다. 말하자면 다른 사람들과 경쟁하고 자신을 그들과 비교하는 데 목매달고 있기 때문이지요. 이런 콤플렉스는 자신을 남들과 분리된 독립된 존재로 여기는 데서 비롯된 것입니다. 우리는 자신을 다른 사람들과 비교합니다. 이것이 바로 세 가지 콤플렉스가 생겨난 이유인데, 이런 콤플렉스는 괴로움만 가져올 뿐입니다.

다섯 번째 족쇄

의혹과 의심

다섯 번째 족쇄는 의혹과 의심입니다. 우리 마음속에 의심과 의혹이 있을 경우 우리는 평화와 자유를 잃게 됩니다. 이런 의혹과 의심은 무지, 콤플렉스, 갈망에서 비롯되는 수가 많습니다. 우리는 무엇이 옳은지 알면서도 그에 따라 행동하지 않습니다. 의혹과 의심에 사로잡혀 있기 때문입니다.

여섯 번째 족쇄

내 몸이 곧 나다

여섯 번째부터 열 번째까지 족쇄는 우리를 괴로움으로 이끄는 잘못된 인식과 잘못된 견해에 초점을 맞춥니다. 여섯 번째 족쇄는 내 몸이 곧 나라는, 내 몸을 독립된 자아라고 생각하는 견해입니다. 당신은, 당신이 곧 당신 몸이라고 단순하게 생각합니다. 이 말은, 당신은 당신 몸이 해체될 경우 더 이상 여기에 존재하지 않을 것이라고 생각한다는 뜻입니다. 당신은 당신 몸이 형성되기 전에는 자신이 여기에 존재하지 않았다고 생각합니다. 당신이 이런 견해를 지녔다면 당신은 쓸데없는 괴로움을 잔뜩 끌어안은 채 살고 있는 것입니다.

일곱 번째 족쇄

반대되는 개념

일곱 번째 족쇄는 반대되는 개념은 서로 관련이 없다고 믿는 것입니다. 그러니까 오른쪽은 왼쪽과 전혀 다르고 탄생과 죽음, 내부와 외부, 존재와 비존재, 같음과 다름도 서로 완전히 별개라고 생각하는 것이지요. 이 모든 개념들은 서로 반대되는 개념을 이루는데 이런 생각에 사로잡힌다는 것은 곧 잘못된 견해를 갖는다는 뜻입니다. 우리가 이원적 사고방식에서 벗어나 올바른 견해를 가질 수 있도록 부처님의 가르침은 반대되는 개념을 초월하게 도와줍니다. 중도中道는 비이원적인 길입니다. 그것은 존재와 비존재, 탄생과 죽음, 내부와 외부, 객체와 주체를 비롯한 모든 반대되는 개념을 초월합니다.

여덟 번째 족쇄

견해에 대한 집착

당신은 무언가를 배우면서 그것에 대한 개념을 형성하는데 이는 매우 자연스러운 일입니다. 그렇다고 해서 그 개념에만 사로잡혀 있으면 당신은 그것을 변화시킬 새로운 정보나 사상을 받아들이지 않습니다. 그렇게 되면 당신은 구도의 길에서 발전을 기대할 수 없습니다. 그러므로 당신은 무엇을 배우고 무슨 소리를 들었든 간에 그것을 절대 진리로 생각하지 않도록 조심해야 합니다. 더 높은 진리에 도달하기 위해 그것을 보낼 수 있어야 합니다. 과학의 세계에서 무언가를 발견한 뒤 그것을 궁극적인 진리로 믿는다면 당신은 더 이상 새로운 진리를 추구하지 않을 테고, 그렇게 되면 당신은 더 이상 진정한 과학자가 될 수 없습니다.

자신이 성장하려면 견해와 지식을 포기할 줄 알아야 합니다. 그것은 마치 사다리를 오르는 것과 비슷합니다. 사다리의 네 번째 가로장을 디디면서 그것을 가장 높은 것이라고 생각한다면 당신은 더 이상 올라가지 않을 것입니다. 다섯 번째 가로장으로 오르기 위해서는 네 번째 것을 포기해야 합니다. 물론 여섯 번째 가로장으로 오르기 위해서는 다시 다섯 번째 가로장도 포기해야겠지요. 따라서 지식이 지혜에 장애가 될 수 있습니다. 당신이 무언가를 알고 이해한다면 더 높은 진리에 도달하기 위해 언젠가는 그것을 포기할 수 있어야 한다는 사실을 기억하기 바랍니다. 이것이 견해에 집착하지 않는 것에 대한 가르침입니다.

아홉 번째 족쇄

왜곡된 견해

당신이 어떤 일을 보면서, 우연히 지금 막 일어났을 뿐 그 일에 아무런 인과 관계도 없다고 믿는다고 가정해봅시다. 이러한 것이 일종의 왜곡된 견해입니다. 인과의 법칙이란, 콩 심은 데 콩 나고 팥 심은 데 팥 난다는 뜻입니다. 그러니 분노의 씨앗을 심으면 분노를 얻게 되겠지요. 당신이 왜곡된 견해라는 족쇄에 사로잡혀 있다면 당신은 이런저런 일들이 왜 일어나는지 이해하지 못합니다. 또 인과의 법칙을 믿지 않기 때문에 그런 일들이 부당하고 변덕스럽게 여겨질 것입니다. 당신은 모든 일이 그저 우연히 일어난다고 생각합니다. 하지만 어떤 것을 깊이 관찰해보면, 그것이 수많은 조건이 합쳐진 결과 일어난다는 사실을 알 수 있습니다. 어떤 일에 딱 한 가지 원인만 있다고 믿는 것도 왜곡된 견해입니다.

물론 우리 모두는 우리 힘으로 어찌할 수 없는 상처, 질병,

아픔 등을 겪습니다. 하지만 이런 고통 외에 추가로 겪는 괴로움의 상당 부분은 왜곡된 견해에서 비롯된 것들입니다. 사성제는 이 추가되는 괴로움이 대개 잘못된 인식, 잘못된 사고, 잘못된 언어, 잘못된 행동으로 가득 찬 생활 방식에서 비롯된다고 가르칩니다.

열 번째 족쇄

의식에 대한 집착

만일 당신이 특별한 의식을 치름으로써 자유와 구원을 경험할 수 있다고 믿는다면 당신은 의식에 사로잡힌 것입니다. 당신은 다른 고기는 어떤 것이든 먹을 수 있지만 쇠고기를 먹으면 구원받을 수 없다고 믿을지도 모릅니다. 아니면 돼지고기만 빼고 다 먹을 수 있다고 믿을 수도 있고요. 이런 것이 바로 당신이 사로잡힐 수 있는 금기나 가르침입니다. 이 해심이 있어야 당신은 스스로를 해방시킬 수 있습니다. 의식을 치르고 금기를 지킨다고 당신이 자유를 얻을 수 있는 게 아닙니다. 단 한 번의 행위나 의식이 당신에게 자유를 가져다주지는 않을 것입니다. 자유는 끊임없는 수행을, 깨어 있는 마음과 집중과 통찰을 부단히 수행할 것을 요구합니다.

이 족쇄를 설명하기 위해 종종 나는 제단의 불상에 절하는 사람을 예로 들곤 합니다. 올바른 절하기 수행은 명상의 일종으로 깊이 보는 방법입니다. 이런 이유로 우리는 부처님께 절을 올리기 전에 부처님이 우리 안에 계시고 우리도 부처님 안에 있다는 사실을 먼저 알아야 합니다. 부처님과 우리, 양쪽 다 공空의 본성을 지니고 있습니다. 이것이 깊이 보는 방법이고 우리를 자유롭게 하는 힘을 지닌 것입니다. 이런 사실을 알지 못한 채 부처님께 절하는 것이 구원받는 데 도움이 되는 예배 행위라고 믿는다면 이것이야말로 의식에 사로잡혀 있다는 뜻입니다.

성찬식을 치르는 것도 마찬가지입니다. 사제는 당신에게 빵과 포도주를 줍니다. 당신이 빵을 먹고 포도주를 마시면서 전 우주와 교감한다면 당신은 전례에 사로잡힌 것이 아닙니다. 당신은 그 빵 조각 안에 햇빛과 구름과 지구 등 전 우주의 삼라만상이 들어 있음을 알기 때문입니다. 사제는 성찬식을 거행하면서 당신이 당신 안에 있는 실체로서 예수 그리스도와 활발하게 접하기를 바랍니다. 한편 기계적으로 의식을 치르는 것은 의식에 사로잡혔다는 뜻입니다. 그렇게 되면 우리는 의식 외에는 아무것도 얻지 못합니다. 하지만 당신이 의식에 참여하면서 정말로 생생한 활기를 느낄 경우 진짜 성찬식이 가능합니다. 그것이야말로 당신이 원하는 것으로 공허한 형식뿐인 의식이 아닙니다. 이것은 어떤 종교나 전통 의식도 다 마찬가지입니다.

걷기 명상이나 좌선도 단순한 의식으로 그치고 말 수 있습니다. 찬송가를 부르는 것도 그렇습니다. 우리는 아주 쉽게 의식에 사로잡히는데, 우리가 깨부수어야 할 족쇄 중 하나가 바로 이것입니다. 단순히 기계적으로 수행하지 않고 성심을 다하여 수행하면 깨어 있는 마음 수행과 통찰 수행은 우리를 자유롭게 해주고, 의식은 수행으로 나아가는 방법과 기회가 될 것입니다.

괴로움의 원인을 알면 행복해진다

집성제에 의하면, 우리가 일단 괴로움을 괴로움이라고 불렀으면 그다음에는 그 원인이 무엇인지 알기 위해 깊이 볼 필요가 있습니다. 왜 괴로움을 겪어야 하는지 말해달라고 신에게 부탁할 필요는 없습니다. 우리 자신의 명료한 마음과 깊은 통찰을 통해 괴로움의 원인을 볼 수 있으니까요. 그런 다음에야 괴로움이 변화된 단계, 행복한 단계, 번뇌가 사라진 단계인 멸성제로 나아갈 수 있습니다.

5

행복을 발견한 순간

일단 우리가 겪는 괴로움의 원인을 이해하고 나면 그것을 변화시키는 일이 괴로움의 끝, 즉 행복으로 이어진다는 것을 알 수 있습니다. 괴로움이 있다면 동시에 괴로움의 반대도 있기 마련입니다. 왼쪽과 오른쪽의 관계와 같은 것이지요. 당신이 괴로움의 존재를 확인한다면 그와 반대되는 것, 즉 행복의 존

재도 확인하는 셈입니다. 괴로움이 없으면 행복도 있을 수 없고 그 반대 또한 마찬가지입니다. 괴로움이 끝나고 행복이 존재하는 것이 멸성제입니다. 괴로움의 원인이 사라질 때 우리는 비로소 자유롭고 행복해질 수 있으며 이해와 자비에서 비롯된 윤리적 행동을 할 수 있습니다.

괴로움이 끝나는 곳에

행복이 있습니다

행복과 괴로움

괴로움이 끝나는 곳에 행복이 있습니다. 이는 어둠이 끝나는 곳에 빛을 비추는 것과 똑같은 이치입니다. 이 세상에는 괴로움이 존재합니다. 그것이 고성제입니다. 우리는 불쾌한 것이 괴로움을 야기한다는 사실을 압니다. 하지만 유쾌한 일 역시 괴로움을 초래한다는 것도 알고 있습니다. 이를테면 사랑에 빠지는 일이 괴로움을 가져올 수 있습니다.

때로는 우리 눈에 괴로움만 보일 때가 있습니다. 우리는 쓰레기나 진흙만 보고 그 안에서 자라는 연꽃은 보지 못합니다. 멸성제는 이 세상에 괴로움뿐만 아니라 행복 또한 존재한다는 사실을 환기시켜줍니다. 괴로움이 끝난 덕분에 행복이 등장한 겁니다. 괴로움의 종식은 행복의 등장을 의미합니다. 멸성제는 행복의 존재, 행복의 가능성을 확인해줍니다.

멸성제는, 지금 이 순간 행복하게 살 수 있다는 사실을 우리에게 상기시켜줍니다. 말하자면 괴로움을 변화시킬 수 있다는 단언입니다. 행복으로 인도하는 길이 있으므로 우리는 그 길을 배워야 합니다.

모든 사람들의 내면에 부처의 씨앗인 불성佛性이 있다는 사실을 이해하는 것이 멸성제의 바탕을 이룹니다. 우리 모두에게는 깨어 있는 마음, 집중, 깊은 통찰을 지닐 능력이 있습니다.

씨앗에 물주기

불교 철학에 따르면, 모든 인간의 내면에는 온갖 다양한 정신을 형성하는 씨앗이 있다고 합니다. 우리는 자비와 애정 어린 친절의 씨앗을 품고 있습니다. 동시에 갈망과 폭력의 씨앗도 지니고 있습니다. 어떤 씨앗이 싹을 틔우느냐는 대개 우리가 어렸을 때 우리 부모 혹은 주위 어른들이 어떤 씨앗에 물을 주었느냐에 달려 있습니다. 말하자면 흘러가는 시냇물과 비슷합니다. 당신이 서쪽으로 기울어지게 물길을 파면 냇물은 서쪽으로 흐를 것입니다. 물론 동쪽으로 기울어지게 파면 동쪽으로 흐를 테고요. 우리는 행복과 기쁨으로 향하는 물길을 어떻게 파야 할지 배울 수 있습니다.

행복은 상대적이다

이 세상의 온갖 괴로움에도 불구하고 우리 모두에게는 행복해질 기회가 있습니다. 수행을 통해 깨어 있는 마음의 씨앗에 물을 준다면 행복이 나타날 것입니다. 어제 아침 세수하려고 수도꼭지를 틀었을 때 내 손가락에 물이 닿는 것을 느꼈습니다. 물이 매우 신선하더군요. 그 물은 땅속 깊은 곳이나 높은 산의 수원지에서 발원하여 내 방 수도꼭지까지 연결된 것입니다. 바깥이 매우 추웠으므로 수도꼭지 안의 물도 매우 차가웠습니다. 그 덕분에 물로 눈을 적시자 부처님의 가르침처럼 기분이 아주 상쾌했습니다.

나는 양치질을 할 때마다 내가 온갖 흥분과 걱정과 계획에서 자유롭다는 것을 의식하며 합니다. 나는 현재 이 순간을 시원하고 상쾌한 물처럼 긍정적인 것과 접촉하며 평화롭고 자유롭고 행복하게 살고 있습니다. 내 눈은 아직 양호하고,

아직까지는 내 두 발로 걸을 수도 있습니다. 나는 매우 행복합니다.

그러므로 우리의 행복은 매우 상대적입니다. 만일 당신이 좀 더 깨어 있는 마음 상태라면 당신의 행복도 한층 커집니다. 당신이 삶의 긍정적인 요소들을 깨달은 덕분에 더욱 행복해진 것이지요. 하지만 당신이 깨어 있는 마음 상태가 아니거나 근심, 짜증, 두려움에 끌려다닌다면 당신은 그 순간 행복할 수 없을 것입니다.

지금 이 순간 행복 찾기

당신이 자신의 건강을 염려한다고 가정해보십시오. 아마 당신은 병을 앓으면서 줄곧 지금보다 건강했던 과거를 떠올릴지도 모릅니다. 아니면 미래를 생각하면서 상황이 더 악화될 거라고 상상할지도 모르고요. 그런데 이런 생각을 하는 동안 당신 에너지는 낭비됩니다. 당신이 건강을 염려하면서 온통 걱정하는 데에만 에너지를 쏟은 채 무엇을 해야 할지 모른다면, 당신이 해야 할 일은 지금 이 순간으로 돌아오는 것이라고 말해주겠습니다. 당신이 지금 이 순간으로 돌아온다면 당신은 무엇을 해야 하고 무엇을 하지 말아야 할지 구별할 수 있는 통찰과 지혜를 얻을 수 있습니다. 또 어떻게 하면 상황을 개선시킬 수 있는지에 대한 통찰도 더 많이 생길 것입니다.

당신이 지금 이 순간으로 돌아온다면, 당신 눈에 당신 내면의 걱정과 긴장이 보일 것입니다. 몸은 잔뜩 긴장하고 있고 마음속에는 걱정이 한가득이죠. 알다시피 이런 상태는 당신을 치유하는 데 바람직하지 않습니다. 당신이 당신 자신에게 돌아온다면, 지금 당장 치유와 변화를 향해 나아갈 수 있도록 도와주는 것들이 있다는 사실을 발견할 수 있습니다. 몸을 편안하게 하고 긴장과 걱정을 멈추는 것이야말로 당신이 지금 당장 실행할 수 있는 가장 구체적인 일입니다. 전문적 수행자로서 우리는 그것을 어떻게 해야 할지 압니다. 깨어 있는 마음으로 숨을 들이쉬었다가 그 숨을 자연스럽게 흘려보내는 방법을 알고 있습니다. 우리는 숨을 들이쉬고 내쉬는 일이 매우 유쾌할 수 있음을 압니다.

어떤 이들은 말합니다.

"아하, 나야말로 지금 이 순간을 잘 아는데 아주 지루하기 짝이 없지."

이런 사람들은 흔히 과거에 사로잡힌 채 추억의 세계에서 살고 있는 경우가 많습니다. 이는 그들이 지금 이 순간에 존재하는 습관을 들이지 못했기 때문입니다. 그들은 과거 속에서 사는 데 이골이 난 탓에 과거를 자기 집이라고 생각합니다. 또 항상 과거로 미끄러져 들어가 과거의 걱정들을 하면서 과거에 그들을 두렵게 했던 일들에 근거해 두려움을 갖게 됩니다. 그들은 과거가 자신의 집이라는 느낌에 길이 든 나머지 과거 속에서 더 편안한 기분을 느낍니다. 그런가 하면 그들은 또 일어날지도 모를 일들을 기다리며 미래에 대한 꿈을 꿉니다. 그들이 지금 이 순간을 지루하다고 하는 것은 그들이 실제로 지금 이 순간을 살았던 적이 단 한 번도 없다는 뜻입니다. 하지만 현재 이 순간이 우리의 삶입니다. 우리가 발견해야 할 세상 전체입니다. 당신의 몸은 지금 이 순간 여기에 있습니다. 당신의 삶도 지금 이 순간 여기에 있습니다. 그리고 우리가 사는 세상도 지금 이 순간 여기에 있습니다. 우리가 지금 이 순간으로 돌아오는 것이 정말 중요한 이유가 바로 이 때문입니다. 그래야 자신의 삶을 제대로 살 수 있습니다.

깨어 있는 마음으로 걷기

깨어 있는 마음으로 걷는 수행은 우리 몸의 긴장을 풀어줄 수 있습니다. 당신이 진실로 발걸음에 집중한다면 당신은 온전히 지금, 여기에 존재하는 것입니다. 그러면 당신은 당신에게 자양분을 주고 당신을 지원할 준비가 된 삶의 경이를 깨닫게 됩니다. 그리하여 삶과 접촉하면서 치유의 길로 나아갑니다.

(숨을 들이쉬면서) 나는 내 몸의 긴장을 압니다.
(숨을 내쉬면서) 나는 내 몸의 모든 긴장을 내보냅니다.

당신이 이런 식으로 호흡할 때 당신은 이미 치료를 위한 작업을 실행하고 있는 셈입니다.

당신이 과거에 사로잡혀 있다면 당신은 자신을 위해 아무

것도 할 수 없습니다. 또 미래나 두려움, 걱정에 끌려다닌다면 역시 아무것도 할 수 없습니다. 그러니 지금 이 순간으로 들어오십시오. 그럼 당신은 지금 당장, 바로 여기에서 당신을 치유하는 데 도움이 되는 일을 할 수 있다는 사실을 발견할 것입니다. 당신은 건강을 위해 무엇을 먹고 무엇을 먹지 말아야 할지 알게 됩니다. 또 당신이 직면한 어려움에 어떤 친구가 도움을 줄 수 있는지도 알게 될 것입니다. 당신은 치유하는 쪽으로 결정을 내릴 수 있습니다.

"나는 그것을 더 이상 먹지 않고, 그것을 더 이상 마시지 않고, 그것을 더 이상 피우지 않기로 했어요."

그러면 지금 이 순간 우리는 통찰을 갖게 되고, 그러면 무엇을 해야 하고 무엇을 하지 말아야 할지 알게 됩니다. 또 지금 여기에서 이용할 수 있는 게 무엇인지도 알게 되지요. 우리의 수행이 언제나 지금 이 순간으로 돌아오는 것인 이유도 바로 이 때문입니다. 지금 이 순간이야말로 원기를 회복시키고 자양분을 주고 치유하는 힘을 지닌 삶의 모든 경이를 만날 수 있는 곳이니까요.

당신이 만일 행복을 찾고 싶다면 지금 이 순간으로 돌아오십시오. 지금 이 순간이야말로 행복과 기쁨으로 들어가는 유일한 문입니다. 지금 이 순간으로 돌아올 경우, 당신은 당장이라도 온갖 행복을 누릴 수 있다는 사실을 발견하게 됩니다. 당신은 지금 당장, 바로 여기에서 행복을 누릴 수 있습니다. 문제는 과연 당신에게 행복을 누릴 능력이 있느냐입니다. 기껏 행복을 찾아다니다가도 막상 행복이 다가오면 그것을 누리지 못하는 사람도 있습니다.

당신이 제과점 앞을 지나가는 아이라고 가정해보십시오. 당신은 가게 안에 진열된 수많은 맛있는 것들을 바라보며 그 맛나 보이는 케이크들 가운데 하나라도 먹을 수 있기를 바랄 것입니다. 만일 엄마가 하나 사주기라도 한다면 당신은 날아갈 듯이 행복할 것입니다. 당신은 어린 마음에 언젠가는 그와 같은 제과점에 마음대로 들어가 먹고 싶은 것은 무엇이든 먹을 수 있는 날이 오기를 바랄지도 모릅니다. 가게 주인이 당신을 안으로 불러들여 "꼬마야, 원하는 것은 무엇이든 다 가져도 괜찮다. 가게에 있는 것은 몽땅 다 너를 위한 거란다"라고 말했다고 상상해보십시오. 군침 돌게 하는 온갖 매혹적인 과자를 앞에 놓고 당신이 어떤 반응을 보일지 궁금합니다. 어쩌면 당신은 헷갈릴지도 모릅니다. 어디서부터 시작해야 할지 모를 수도 있으니까요. 혹은 과자를 하나 먹어볼 수도 있겠지요. 하지만 과자를 너무 빨리 먹으면 더 이상 먹을 수 없게 될 것입니다.

우리가 지금 이 순간으로 돌아올 경우 우리도 그렇게 느낄지 모릅니다. 사방에 널려 있는 근사한 일과 지금 당장이라도 누릴 수 있는 수많은 행복한 상황들 때문에 무엇을 해야 할지 모르는 거지요. 우리는 먼저 깨어 있는 마음으로 호흡하고, 깨어 있는 마음으로 걷고 움직이며 자신을 자연과 접하게 하는 일부터 시작할 수 있습니다. 삶이 선물한 아름다움과 행복을 과연 우리가 잘 다룰 수 있는지 알아보기 위해서지요.

깨어 있는 마음으로 자유롭고 편안하게 걸음을 내딛는 방법을 배우는 것은 매우 중요합니다. 그것은 당신에게 많은 치유와 변화를, 커다란 자유와 기쁨을 가져다줄 수 있습니다. 당신은 딱 한 걸음이 아니라 두 걸음이든, 세 걸음이든 또는 네 걸음이든 마음대로 내디딜 수 있습니다. 그리고 그렇게 할 때 당신은 온전히 행복에 파묻힐 것입니다. 스스로 행복을 누릴 수 있는 능력을 계발하는 것은 참 중요한 일입니다. 행복은 오로지 지금 이 순간, 여기에서만 누릴 수 있습니다. 그리고 당신은 생각보다 행복한 상황이 훨씬 더 많다는 사실을 발견할 것입니다.

행복의 원천

깨어 있는 마음으로 무언가를 대하면 자연히 그것에 집중하게 됩니다. 집중은 행복의 질을 향상시킵니다. 당신 앞에 향기로운 차가 한 잔 놓여 있다고 가정해보십시오. 당신이 깨어 있는 마음이라면 당신은 그 차에 집중할 수 있고 그 차는 매우 현실적인 것이 됩니다. 방해받지 않고 차 마시는 시간이 매우 행복합니다. 당신의 마음은 과거에도 미래에도 머무르지 않으며 어떤 프로젝트에도 매달리지 않습니다. 오로지 차에 집중할 뿐입니다. 바로 이 때문에 그 순간에 차를 마시는 일이 당신을 행복하게 합니다. 집중이 더 잘되면 잘될수록 당신도 한층 더 행복해집니다. 우리는 돈과 권력을 행복의 원천으로 생각하기 일쑤입니다. 그런데 우리 안에 이미 진정한 행복의 원천이 무수히 많습니다. 문제는 우리가 그것을 어떻게 누려야 할지 모르고 있다는 점입니다.

깨어 있는 마음으로 집중할 경우 통찰이 생깁니다. 그러니 억지로 통찰을 끌어낼 필요는 없습니다. 통찰이 있을 경우 당신은 무척 행복할 수 있습니다. 이제나저제나 통찰은 당신을 자유롭게 해주니까요. 마음속에 두려움이 있다면 당신은 행복하거나 즐겁게 지낼 수 없습니다. 또 걱정, 욕구, 갈망에 시달릴 때에도 평화나 행복을 누릴 수 없습니다. 하지만 통찰을 지닐 경우 두려움과 갈망은 물러나고 대신 진정한 행복이 찾아옵니다.

집은 지금 여기에 있다

집 안에서 밖을 내다보면 왼쪽에는 작은 대나무 숲이 있고 오른쪽에는 숲과 포도원이 있습니다. 나는 내가 집에 있다는 사실을 아주 분명하게 느낍니다. 우리 집은 우리 기억 속에 있지 않습니다. 그것은 우리가 다니던 옛날 초등학교나 어린 시절 꽃이 활짝 피었던 나무로 이어지는 길이 아닙니다. 그런 것들은 추억에 불과합니다.

당신이 온전히 지금 이 순간 속에서 산다면, 당신은 아주 심오한 방식으로 새로운 고향을 만들어냅니다. 가을날의 낙엽은 환상적으로 아름답습니다. 하지만 봄날의 신록 또한 아름답고 여름날의 무성한 나뭇잎 역시 이에 뒤지지 않습니다.

지금 이 순간 당신이 더 깊이, 더 밑바닥까지 들여다보면 당신 눈에 나무 하나하나의 무성한 아름다움이 보입니다. 만일 당신이 겉으로 드러나는 현상만 본다면 비가 내리는 걸

보고 투덜거릴 수도 있습니다. 하지만 좀 더 깊이 들여다보면 당신은 비가 대지를 상쾌하게 적셔주고 메마른 여름날 우리에게 물을 넉넉하게 제공하는 등 아주 고마운 자연 현상임을 알게 됩니다. 깊이 보아야 모든 것을 기꺼이 누리고 삶을 즐거운 것이라고 느낍니다. 당신은 더 많은 평화를 누리고 당신이 지닌 수많은 긍정적 조건을 생각합니다. 이제 당신은 어느 정도 행복하고 안정되었기 때문에 자신의 어려움을 돌아보고 그것을 해결하고자 할 수 있습니다. 흔히 사람들은 지금 이 순간 벌어지는 일에는 별로 관심을 기울이지 않습니다. 그 장소나 그 순간을 벗어날 때가 되어서야 현재에 충실하지 않았던 것을 참으로 후회하는 게 인간입니다.

이미 모든 것이 충분하다

부처님은 삼투스타samtusta 수행에 대해 말씀하셨습니다. 삼투스타는 자신이 지닌 삶의 조건에 만족한다는 뜻이지요. 당신은 이미 행복할 수 있는 조건을 충분히 갖추었습니다. 게다가 깨어 있는 마음 덕분에 더 이상 필요하지도 않습니다. 지금 가진 것만으로도 충분하기 때문에 더 이상 다른 어떤 것도 필요 없다고 느끼는 일이 가능합니다. 당신이 깨어 있는 마음 상태이고 안전하다고 느낄 때, 당신은 이미 행복을 누릴 조건을 수없이 갖추었음을 깨닫게 됩니다. 따라서 더 많은 조건을 갖추기 위해 미래로 달려갈 필요가 없다는 것도 알게 됩니다. 우리는 대학 졸업장 없이도 아주 행복한 사람들을 많이 보아왔습니다. 또 큰 집이나 좋은 차가 없어도 더할 나위 없이 행복한 사람들을 많이 알고 있습니다. 사람들 중에는 자신이 바라던 대상을 얻은 다음에도 행복을 느끼지 못한 채 금방 또 다른 것을 좇는 경우도 있습니다.

종종 삼투스타를 '조금밖에 없어도 만족할 줄 아는 깨달음'이라고 번역하기도 합니다. 지금 이 순간으로 돌아와 당신이 이미 가지고 있는 모든 행복의 조건들을 살펴보면, 당신은 그것만으로도 지금 당장 행복을 누리기에 차고 넘친다는 사실을 발견할지도 모릅니다.

삼투스타, 곧 지족知足을 처음에는 이해하기 어려울 수도 있습니다. 하지만 우리가 우리 안팎에서 보는 것들을 관찰하고 제대로 이름을 불러주는 수행을 하면 분명히 이해할 수 있습니다. 이러한 이해가 세계 윤리의 토대를 이루는 아주 중요한 부분입니다. 세상에는 어마어마한 부와 권력을 소유하고서도 몹시 괴로워하는 사람들이 많은데 이런 사람들은 대개 스트레스, 외로움, 갈망, 집착에 시달립니다. 우리 눈으로 직접 한번 둘러보기만 해도 권력, 돈, 욕망이 해결책이 아니라는 걸 알 수 있습니다. 구태여 다른 사람에게 이 말을 들을 필요도 없습니다. 이것을 알기 위해 일단 한번 해볼 필요도 없습니다. 그냥 우리 주변을 둘러보기만 하면 됩니다.

행복을 위한 네 가지 수행

우리는 지금 당장 바로 여기에서 행복을 누릴 수 있습니다. 첫 번째 수행은 지금 이 순간을 인지하는 것입니다. 두 번째 수행은 존재와 비존재, 고통과 행복, 탄생과 죽음 같은 서로 반대되는 개념들이 함께 존재하는 본성에 대해 명상하는 것입니다. 세 번째 수행은 보살의 서약을 스스로에게 맹세하는 것입니다. 자신의 괴로움을 변화시키고 다른 사람들도 그렇게 하도록 돕겠다고 맹세합니다. 네 번째 수행은 깨어 있는 마음으로 소비하는 수행을 하는 것입니다.

집성제는 앞에서 설명한 대로 네 가지 자양분과 우리가 소비하는 것이 우리의 행복과 괴로움에 어떻게 영향을 미치는지 탐구합니다. 우리는 행복을 증진시키는 음식, 소리, 장면, 환경만을 골라 소비할 수 있으며 괴로움을 초래하는 것들은 피할 수 있습니다. 우리는 건강한 음식만 먹고 아름다운 장면에만 주의를 집중하고 애정 어린 말을 하는 사람들의 말에만 깊이 귀를 기울일 수 있습니다. 또 우리에게 더 많은 행복을 가져다주는 사람들 곁에만 있도록 집중적으로 노력할 수 있습니다.

행복으로 가는 길 찾기

우리는 모두 커다란 행복을 누릴 수 있을 뿐만 아니라 다른 사람에게도 그런 행복을 가져다줄 수 있는 능력을 지니고 있습니다. 우리 모두에게 불성이 있기 때문입니다. 우리가 지금 이 순간을 행복하게 사는 방법을 수행한다면 장차 우리 안에 있는 불성의 씨앗에 물을 줘서 그것이 자라도록 돕는 셈입니다. 부처님께서 기쁨과 행복으로 인도하는 길을 깨달으셨다면 이는 당신 안에 있는 지혜와 접했기 때문입니다. 우리도 그와 같이 해야 합니다. 우리는 어느 누구에게서도 그 길을 구할 수 없습니다. 우리 안에 있는 지혜의 씨앗에 닿기 위해 우리가 해야 할 일이라곤 온전히 깨어 있는 의식으로 앉고 걷고 듣고 행동하기를 수행하는 것뿐입니다. 우리가 함께 이 길을 걸을 수 있다면 이는 우리 자신의 수행 덕분이지, 신의 인도나 계율을 따랐기 때문이 아닙니다.

6
좋은 사람으로 사는 법

집성제는 괴로움의 원인을 제공하는 삶의 방식을 보여줍니다. 하지만 멸성제가 즐겁고 행복한 삶이 가능하다는 사실을 우리에게 환기시켜줍니다. 그런데 우리를 괴로움에서 벗어나게 하는 바른 생활 방식이 있습니다. 우리는 바른 삶을 살 때에만 행복과 만족을 경험할 수 있습니다. 이 길이 팔정도八正道로, 곧 네 번째 진리인 도성제입니다. 팔정도는 행복으로 인도하는 길이자 바른 길이기도 합니다. 행복과 윤리는 분리할 수 없습니다. 또 함께 존재하는 본성으로 인해 다른 사람의 행복을 고려하지 않은 참된 행복이란 있을 수 없습니다.

팔정도는 우리가 세상에서 어떻게 살아갈 수 있는지에 관한 여덟 가지 덕목으

로 이루어져 있습니다. 팔정도는 자신에게 행복을 가져올 뿐만 아니라 세상을 더 행복하게 만드는 방식으로 인식하고 생각하고 행동하도록 우리를 이끕니다. 자신의 행복과 세상의 행복 사이에는 아무런 차이도 없습니다. 팔정도의 여덟 가지 덕목은 이렇습니다. 정견(正見, 바르게 보기), 정사유(正思惟, 바르게 생각하기), 정어(正語, 바르게 말하기), 정업(正業, 바르게 행동하기), 정명(正命, 바르게 생활하기), 정근(正勤, 바르게 정진하기), 정념(正念, 바르게 깨어 있기), 정정(正定, 바르게 집중하기).

궁극적 실체는

선과 악, 옳고 그름의
개념을 초월합니다

'바른' 것이란 무엇인가

'바르다'는 것은 과연 무슨 뜻일까요? 모든 사람들이 정사유를 원하는데 그렇다면 정사유란 무엇일까요? 정사유와 정어를 얻기 위해서는 깨어 있는 마음으로 호흡하고 깨어 있는 마음으로 앉아 있고 깨어 있는 마음으로 성찰해야 합니다. 그것은 진실로 정사유여야 합니다. 우리는 자신이 생각하는 게 틀릴지 모르는데도 그것을 바르다고 생각하기 일쑤니까요. 제2차 세계대전 중에는 원자폭탄을 투하하기로 한 결정이 정사유로 여겨졌습니다. 하지만 정말 그럴까요? 어떻게 생각해야 올바른 것일까요? 정어란 무엇일까요? 과연 어떤 말을 정어라 할 수 있을까요? 부처님께서는 '바르다'라는 단어를 도덕적이고 윤리적이라는 의미로 사용하셨습니다. 도덕과 윤리는 우리가 받아들여 따르고 싶어 하는 행동 규범이 될 수 있습니다. 어떤 것이 옳은지 그른지 판단하는 데 도움이 될 다섯 가지를 소개합니다.

첫 번째 기준

괴로움과 행복

어떤 것의 옳고 그름을 판단하는 첫 번째 기준은 그것이 괴로움을 가져오는가, 행복을 가져오는가입니다. 괴로움을 가져오는 것은 무엇이든 다 잘못된 것입니다. 반면 행복을 가져올 수 있는 것은 무엇이든 다 올바른 것입니다. 그러나 괴로움suffering과 고통pain 사이에 차이가 있다는 사실을 잊지 말아야 합니다. 고통이 피할 수 없는 것이라고 해서 고통 때문에 반드시 괴로움을 겪어야 하는 것은 아닙니다.

예를 들면, 이별은 고통스러운 것일 수 있습니다. 하지만 당신이 확고한 이상이나 막강한 사명감 또는 간절한 열망에 이끌려 행동한다면 당신은 그 열망을 실현시키기 위해 이별을 받아들일 수 있습니다. 싯다르타가 출가할 때 그는 고행자의 혹독한 삶을 받아들이기 위해 아내와 자식과 가정 등 모든 것을 뒤에 남겨두고 떠나야 했습니다. 당신도 중요한 일을 실현시키고 싶은 바람 때문에 보다 험난한 삶으로 뛰어들기 위해 가정과 일상생활의 안락함을 버릴 수 있을지도 모릅니다. 이런 경우 이별의 고통은 누그러질 것입니다. 이별을 하는데도 괴로움을 겪지 않습니다.

괴로움은 단순한 문제가 아닙니다. 때때로 고통은 그저 고통에 불과하기 때문에, 당신이 그 고통을 받아들일 수만 있다면 괴로움에 시달리지 않아도 됩니다. 따라서 고통 혹은 안락함의 결핍과 괴로움 사이에는 분명 어떤 차이가 있습니다.

행복 또한 늘 단순하기만 한 것은 아닙니다. 괴로움과 고통 사이에 차이가 있는 것과 마찬가지로 행복과 쾌락에도 차이가 있습니다. 많은 사람들이 쾌락을 행복이라고 여깁니다. 당신 몸에 마약을 주사하면 당신은 쾌락을 느끼게 될 겁니다. 그런데 그것을 행복이라고 할 수 있을까요? 어떤 사람들은 술을 많이 마시면서 매우 행복하다고 느낍니다. 물론 쾌락을 느끼겠지요. 하지만 그것이 정말 행복일까요? 그러므로 쾌락은 행복과는 다르다고 할 수 있습니다. 그런데 행복처럼 보이는 쾌락이 있습니다. 이것이 바로 우리가 좀 더 깊이 보아야 하는 이유입니다. 엄밀히 따지면 고통은 괴로움이 아닙니다. 따라서 고통을 괴로움과 동일시하면 안 됩니다. 한편 쾌락도 행복과 다릅니다. 쾌락은 행복과 같은 것이 아닙니다.

당신이 등산을 좋아해서 하루 종일 등산을 한다고 가정해보십시오. 산꼭대기를 향해 오르고 또 오르면서 점점 더워지고 몸이 여기저기 긁히기도 합니다. 그 바람에 등산을 하는 동안 괴로움을 겪는 것처럼 보입니다. 한편 등산을 가느니 집에서 텔레비전이나 보는 게 더 낫다고 생각하는 사람들이 있습니다. 당신이 등산을 즐기는 사람이라면 거실에 죽치고 앉아 채널을 바꿔가며 텔레비전이나 보는 사람들을 안타깝게 여길 수도 있습니다. 그렇다면 등산을 하는 사람과 텔레비전을 보는 사람 가운데 누가 더 행복한 사람일까요? 그야 물론 그때그때 다릅니다.

어떤 학생은 학교가 싫기 때문에 학교 가는 것이 괴롭습니다. 반면 공부하기를 좋아하고 공부에서 행복을 얻는 청소년들도 있습니다. 따라서 학교 가는 것이 좋으냐 싫으냐는 본인에게 달려 있습니다. 그러므로 학교 가는 것이 옳은가 그른가를 규정하는 데 이 행복과 괴로움의 기준을 적용하기가 매우 곤란합니다. 따라서 이 기준은 충분하다고 할 수 없습니다.

두 번째 기준

유익한가, 유익하지 않은가

사성제는 괴로움을 야기하는 것은 무엇이든 다 잘못된 것이고, 괴로움을 멈추게 하는 것은 무엇이든 다 올바른 것이라는 말로 이해할 수 있습니다. 하지만 좀 더 제대로 이해하기 위해서는 행복과 괴로움의 특성을 더 깊이 들여다보아야 합니다. 이러한 이유 때문에 '유익한가 유익하지 않은가'라는 또 하나의 기준이 생겼답니다. 해로운 것과 반대되는 것으로 행복을 가져오느냐가 관건이지요. 우리에게 유익한 것, 말하자면 우리 건강과 깨달음, 혹은 배움에 유익한 것이라면 무엇이든 다 좋은 거지요. 반면 유익하지 않은 것은 나쁜 것이고 잘못된 것입니다. 교육을 받는 것은 유익합니다. 따라서 이 두 번째 기준은 학교에 가서 배우는 것을 지지할 수 있습니다. 술을 마시면 즐거워집니다. 하지만 우리는 과음이 사람에게 해롭기 때문에 유익하지 않다는 것을 압니다. 그러므로 이 기준은 보다 명료하게 볼 수 있도록 도와줍니다.

우리가 유익하다고 표현하는 마음 작용이 있습니다. 기쁨, 자비, 용서, 이해, 사랑 같은 것들이지요. 당신이 당신 안의 자비나 기쁨, 형제애 등의 씨앗과 접할 때마다 씨앗이 마음 작용으로 나타나 당신을 행복하게 합니다. 이런 수행은 당신의 기쁨과 행복을 계발하도록 도와줍니다. 이렇게 유익한 마음 작용은 당신이 사랑하는 사람들 안에도 존재합니다. 따라서 당신은 그 사람 안에 존재하는 이런 유익한 것들과 접하며 이 유익한 마음 작용이 밖으로 드러나 그 사람이 행복할 수 있게 도울 수 있습니다. 한편 그 사람이 행복하면 당신에게도 이익이 됩니다. 이 기준에 의하면 유익한가 유익하지 않은가가 올바른 것인가 잘못된 것인가를 판가름합니다.

세 번째 기준

미혹이냐, 각성이냐

당신이 미혹된 상태인가 아니면 각성된 상태인가에 따라 적용할 수 있는 또 하나의 기준이 있습니다. 마음이 맑고 명료하지 않다면 당신은 각성 상태가 아닙니다. 당신은 그릇된 판단을 하고 잘못된 결론을 내리며 잘못된 행동을 할 수 있습니다. 당신이 술이나 마약에 취해 있다고 가정해보십시오. 당신은 정확한 판단을 내리지 못한 채 쉽게 미혹될 것입니다. 그 결과 그 순간 당신이 내린 결론은 무엇이든 올바른 것이라고 할 수 없습니다.

당신이 당신 자녀에게 몹시 화가 났다고 가정해보십시오. 그 순간 당신의 심리상태는 화 때문에 명쾌하고 명료하지 않습니다. 만일 그와 같은 순간에 당신이 당신 자녀에게 재산을 상속하고 싶지 않다는 내용의 증서를 쓴다면 그것은 올바른 결정이 아닐 것입니다. 당신이 각성된 상태나 명료한 심리상태가 아니라면 아무것도 하지 마십시오. 결정을 내리기 전에 본래 자신으로 돌아와 명료한 심리상태가 될 때까지 기다리십시오. 미혹된 상태인가 각성된 상태인가는 옳은 것과 그른 것을 판단하는 데 도움이 되는 기준입니다.

네 번째 기준

길을 여는가, 막는가

우리에게 필요한 또 하나의 기준은 언제 길을 열어주고 언제 길을 막아야 하는지 아는 것입니다. 길을 열어준다는 말은 가끔은 예외도 인정해야 한다는 뜻입니다.

당신이 거짓말을 하고 싶지 않다고 가정해보십시오. 당신은 진실을 말하는 것이 항상 옳고 거짓말을 하는 것은 항상 잘못된 행동이라고 믿고 있습니다. 하지만 어떤 사람이 누군가를 살해하기 위해 찾아다니다가 당신에게 그 사람을 보았거나 그가 어디 숨어 있는지 아느냐고 묻는다고 해보십시오. 당신이 진실을 말하면 그 사람은 살해될 것입니다. 그러므로 당신은 "아니요, 그 사람을 본 적이 없습니다"라고 거짓말을 할 수밖에 없습니다. 자비심에 끌려 길을 열어준 것이지요. 다시 말해 자신에게 거짓말을 허용하는 예외를 만든 것입니다. 그와 같은 센스 있는 판단력과 융통성을 갖추지 못한 도덕은 현명한 것이 아닐 것입니다. 이것이 바로 열어주기, 예외 인정하기, 허용하기가 매우 중요한 이유입니다.

그럼 의사는 환자에게 거짓말을 할 권리가 있을까요? 흔히들 의사는 진실을 말해야 한다고 생각합니다. 하지만 진실을 말하는 방법에도 여러 가지가 있습니다. 만일 의사가 때와 장소를 가리지 않고 진실을 말한다면 환자는 그 진실을 듣고 큰 충격을 받아 죽을 수도 있습니다. 그러므로 환자가 너무 큰 충격을 받지 않고 진실을 받아들일 수 있도록 적당한 시간을 택해야 합니다.

진실을 말해야 할지 말지 어떻게 결정할지나 어떻게 세련된 방법으로 진실을 말할 것인가 등은 의사가 배워야 할 덕목입니다. 때로는 환자를 살리기 위해 진실을 말하지 않는 쪽을 택하기도 합니다. 그러므로 이 문제는 매우 복잡합니다. 문 열어주기와 예외 인정하기를 수행하기 위해 깊은 이해가 필요한 이유가 바로 이 때문입니다.

길을 막는다는 것은 때때로 어떤 일이 본질적으로 잘못된 것이 아닌데도 그 일을 삼가야 한다는 뜻입니다. 당신이 주말마다 와인을 한 잔 마신다고 가정해보십시오. 이따금 마시는 와인 덕에 당신의 기분은 유쾌해지고, 또 지난 30년 동안 그로 인해 건강을 해친 적도 술에 취해 해롱거린 적도 없었습니다. 그런데 이제 당신이 은퇴하게 되자 사람들은 당신에게 술을 완전히 끊으라고 충고합니다. 그러자 당신이 묻습니다. "왜요?" 그동안 와인이 당신에게 아무런 해도 끼치지 않았기 때문이죠. 당신은 왜 이 즐거움을 포기해야 할까요?

영국에 사는 한 부인이 내게 이 질문을 한 적이 있습니다. "왜 와인을 그만 마셔야 하나요? 그게 제 인생의 낙인데요." 나는 이렇게 대답했습니다. "그래요, 와인이 당신에게 조금도 해롭지 않았다는 건 저도 압니다. 그런데 자녀들은 제 부모를 따라 하는 경향이 있어요. 부모가 담배를 피우면 자녀들도 담배를 피우기 쉽지요. 아마 당신에게는 알코올 중독의 씨앗이 없을지 모르지만 당신 자녀 가운데 하나가 그 씨앗을 지닐 수도 있어요. 술을 끊는 것은 곧 당신 자녀들을 도와주는 일입니다. 당신이 아니라 당신 자녀들을 위하는 일이지요." 이것이 길을 막는다는 말의 뜻입니다. 우리는 미래에 벌어질 수도 있는 해로운 일을 막기 바랍니다.

술을 적당히 마셔야 합니다. 그런데 사실 당신이 첫 잔을 마시지 않을 경우 절대로 두 번째, 세 번째 잔을 마시는 일은 일어나지 않습니다. 따라서 첫 잔을 마시지 않는 것이 길을 막는 일입니다. 당신 자신은 어떤 일을 하더라도 전혀 해롭지 않을지 모릅니다. 그러나 당신 자녀들은 똑같은 일을 하고도 해를 입을 수 있습니다.

어떤 사람이 음주운전을 하고도 무사히 집에 돌아갔다면

그 사람은 아주 운이 좋은 사람입니다. 만일 그가 "나는 술을 마셨는데도 멀쩡해"라고 말한다면 그는 자신이 단지 운이 좋았을 뿐이라는 사실을 깨닫지 못하는 거지요. 그러므로 운전하기 전에 술을 마시지 않는 것은 길을 막는 것입니다. 해롭거나 고통스러운 일이 벌어지지 않도록 당신 앞에 장애물을 설치하는 것이지요.

다섯 번째 기준

현상과 본질

마지막 기준은 현상과 본질입니다. 이따금 우리가 윤리적인 지침을 어기고 있는데도 그러지 않는 것처럼 보일 때가 있습니다. 누군가 다른 사람을 죽이려고 하는 현장에 당신이 있다고 가정해보십시오. 당신은 그것을 중재하고 막을 능력이 있는데도 아무 조처도 하지 않습니다. 그런 경우 당신은 살인자는 아니지만 살인하지 말라는 명령을 어긴 셈입니다. 직접 사람을 죽이지는 않았지만 살인이 일어나도록 허용했으니까요. 이것이 이른바 '불간섭'입니다. 당신이 간섭하지 않은 것은 피해를 일으킨 행동과 맞먹는 행위입니다. 그러므로 당신에게는 여전히 당신 행동에 대한 책임이 있습니다. 그와 같은 상황에 부딪칠 경우 당신은 간섭하고 개입해야 합니다. 당신은 "나한테는 책임이 없어요. 살인을 저지른 사람은 내가 아니니까요"라고 말할 수 없습니다. 당신은 그 현장에 있으면서 아무런 간섭도 하지 않았습니다. 그러니까 당신에게도 책임이 있습니다.

때로는 목숨을 구하기 위해 거짓말을 해야 할 때가 있습니다. 그때는 거짓말을 하지 않는 것이 오히려 죄가 됩니다. 언뜻 보기에는 거짓말을 하지 않는 것이 올바른 행동 같습니다. 하지만 본질적 측면에서는 거짓말을 하지 않는 것이 잘못입니다. 거짓말을 하지 않으면 다른 사람이 죽게 될 테니까요. 이는 아주 중요한 기준입니다. 겉으로 보기에는 거짓말을 하지 않는 것이 옳은 것 같지만 그 전후 사정과 상황에 의하면 그것은 잘못된 행동입니다. 때때로 당신은 거짓말을 해야 할 경우도 있고 무언가의 목숨을 해치게 될 수도 있습니다. 이것은 매우 어려운 문제입니다.

응용 윤리학은 구체적 상황에서 어떻게 도덕적인 결과를 얻어낼 수 있는가를 연구하는 학문 분야입니다. 단순히 어떤 일이 옳은지 그른지만 생각하는 것이 아닙니다. 우리 행동이 정말로 윤리적인지 알기 위해서는 기존의 규범에 의문을 품어야 합니다.

우리는 일상생활에 이 윤리적 기준을 적용할 수 있습니다. 궁극적으로 우리는 모든 기준과 규범을 넘어서려고 노력해야 합니다. 불교 윤리 철학은 아래 용어들로 요약할 수 있습니다.

인식의 주체와 객체 양쪽 다 '함께 존재한다'는 원칙에 따라 의식으로부터 제 모습을 드러냅니다. 인간은 삼라만상 속에 존재하고 삼라만상 또한 인간 속에 존재합니다. 현상적인 차원에서는 탄생과 죽음, 존재와 비존재가 있는 것처럼 보입니다. 하지만 존재론적으로 볼 때 이들 개념은 현실에 적용될 수 없습니다. 활동적인 의식을 업력業力이라고 합니다. 모든 것은 상호 의존하며 진화합니다. 하지만 자유 의지와 변화 가능성이라는 것이 있습니다. 하나는 전체에 영향을 미치고 전체는 하나에 영향을 미칩니다. 함께 존재한다는 것은 무상無常, 무아無我, 공空, 업業, 기타 세상의 무수한 체계를 의미하기도 합니다. 정견이 있어야 괴로움을 줄이고 행복을 증진하는 길로 인도하는 정업이 가능합니다. 행복과 괴로움은 함께 존재합니다. 궁극적 실체는 선과 악, 옳고 그름의 개념을 초월합니다.

원자폭탄

미국 대통령 해리 트루먼은 1945년 8월 6일, 히로시마에 최초의 원자폭탄을 투하하라는 명령을 내렸습니다. 폭탄이 떨어지자마자 순식간에 14만 명이 사망했습니다. 그 일이 있기 전에 루스벨트 대통령은 전쟁 중에 죄 없는 민간인을 살상하지 않도록 최선을 다해야 한다고 아주 분명하게 말했습니다. 트루먼 대통령도 똑같은 말을 했습니다. 그런데 그 무렵 미국이 최초로 원자폭탄을 만드는 데 성공하자 군사·정치 고문들이 그것을 사용하라고 압력을 가했습니다. 당시 태평양에서 연합군은 이미 승리를 거두고 있었습니다. 군사·정치 고문들은 원자폭탄을 쓰도록 트루먼 대통령을 설득했습니다. 처음에는 트루먼 대통령도 원자폭탄 투하를 원하지 않았습니다. 민간인의 목숨을 빼앗는 일을 피하고 싶었기 때문입니다. 하지만 결국 고문들은 그를 설득하는 데 성공했습니다. 폭탄을 투하하면 일본이 항복하겠지만 그러지 않으면 전쟁이 계속 이어지면서 수많은 사람들이 죽을 수도 있다는 논리가 통한 것입니다. 지금 약간의 인명을 희생시키며 전쟁을 끝낸다면, 전쟁이 계속될 경우 죽을지도 모를 많은 사람들을 구할 것입니다. 이것은 옳고 그름을 따져야 할 문제입니다. 윤리와 도덕을 적용해야 할 상황이지요. 간단한 문제가 아닙니다.

히로시마에 최초의 원자폭탄을 투하하기로 결정하기까지 분명 꽤 기나긴 토론 과정을 거쳤을 것입니다. 그래도 나는 이 토론이 정견을 고려하지 않았다는 것을 압니다. 트루먼 대통령은 이 결정을 내린 후 아기처럼 푹 잤다고 말했습니다. 하지만 14만 명의 목숨을 앗아갈 것이라는 걸 미리 알았다면 어떻게 푹 잘 수 있겠습니까? 아마도 그는 너무 오랜 시간 조언을 듣고 토론을 하느라 지쳐서 그랬을 것입니다.

8월 6일에 폭탄을 투하하였건만 7일이 되어도 일본은 항복하지 않았습니다. 8일까지도 항복하지 않았습니다. 그러자 폭탄을 하나 더 투하해야 한다는 압력이 일어났습니다. 결국 1945년 8월 9일, 두 번째 폭탄이 투하되었는데 이번에는 나가사키라는 보다 작은 고장이었습니다. 그래도 폭탄이 떨어지자 7만 명이 죽었습니다. 게다가 잘 알다시피 원자폭탄의 영향이 몹시 오래가기 때문에 방사성낙진의 후유증으로 셀 수도 없이 많은 사람들이 계속해서 병이 들고 죽어갔습니다. 물론 이것은 극단적인 예입니다. 하지만 참된 윤리란 이런 극단적인 문제도 다룰 수 있어야 합니다.

다른 모든 기준을 초월하는 팔정도

부처님은 우리가 옳고 그름을 판단하는 데 있어 다른 모든 기준을 초월하는 체계를 지니도록 정견正見을 팔정도의 시작으로 삼으셨습니다. 정견은 생각이나 말이나 실천이나를 막론하고 다른 모든 행동의 토대가 됩니다. 만일 앞의 다섯 가지 기준에 의거해 심사숙고했는데도 어떤 것이 옳다는 확신이 서지 않는다면, 당신은 언제나 기본으로 돌아가야 합니다.

어떤 것이 옳은지 그른지 알기 위해 깊이 보고 싶다면 우리는 정견이라는 렌즈를 사용할 필요가 있습니다. 정견이 기본입니다. 정견은 불교의 가장 심오한 이해이고 절대적 기준입니다. 불교에서는 이해라는 측면에서 두려움과 괴로움으로부터의 자유를 말합니다. 정견이야말로 우리를 자유롭게 해주는 것입니다.

정견

행복으로 가는 길은 정견과 함께 시작해야 합니다. 정견은 깨어 있는 마음과 집중을 수행해서 얻은 열매입니다. 부처님께서는 팔정도의 시작을 정견 대신 정념으로 하실 수도 있었습니다. 정념, 즉 바르게 깨어 있는 마음은 집중으로 이어지고 집중은 통찰이나 정견으로 이어지기 때문입니다. 그러나 모든 윤리적 행동의 기초는 정견입니다. 정견을 가졌을 때 우리의 사고는 정사유가 되고 우리가 하는 말은 정어가 되며 우리의 행동은 정업이 됩니다.

정견은 모든 견해를 초월하는 견해입니다. 또 차별이나 이분법적 사고와도 거리가 멉니다. 한 가지 견해에 사로잡혀 있는 한 정견을 가질 수 없습니다. 그러나 온갖 견해를 고려하면서 그중 어느 하나에도 사로잡히지 않을 수는 있습니다. 우리가 정견에 대해 말할 때 이것이 다른 모든 견해보다 우월하다는 뜻은 아닙니다. 정견은 아무런 견해도 없는 상태입니다. 알다시피 모든 견해는 모조리 제거되어야 하는데 '모든 견해'에는 이 책에 담긴 가르침도 포함됩니다. 어떤 가르침이든 절대적 진리가 아니라 도구로 받아들여야 합니다. 무상, 무아, 연기緣起에 대한 가르침까지도 그래야 합니다.

우리는 특별한 견해가 아니라 반드시 통찰에 초점을 맞추어야 합니다. 부처님은 성냥의 불꽃을 예로 드셨습니다. 성냥에 불을 붙이려면 능숙하게 그어야 합니다. 불꽃이 일면 그것이 성냥을 태워버릴 것입니다. 이와 마찬가지로 통찰이 생기면 그것이 견해를 없애버릴 것입니다. 그러므로 더 이상 어떤 견해도 남아 있지 않습니다. 당신은 자유롭습니다. 이제는 견해가 아니라 통찰이 존재하는데 당신을 자유롭게 해주는 것은 견해가 아니라 통찰입니다. 부처님의 가르침에서 이것은 매우 중요합니다. 그것은 달을 가리키는 손가락과 같습니다. 만일 우리가 손가락 너머를 보지 못한다면 절대로 달을 볼 수 없습니다.

한편 견해에 대한 집착, 편협함, 차별, 독단적 태도가 배척, 두려움, 화, 갈망, 절망의 토대가 됩니다. 하지만 우리가 참으로 정견을 수행한다면 이들 괴로움은 발붙일 데가 없습니다.

우리는 영속永續이라는 관념을 버릴 수 있을지도 모릅니다. 하지만 그러는 와중에 무상이라는 관념에 사로잡힌다면 아무런 득이 되지 않습니다. 우리는 영속뿐만 아니라 무상이라는 관념으로부터도 자유로워야 합니다. 또 자아라는 관념에 얽매여서 괴로울 수도 있지만 무아라는 관념에 얽매인 까닭에 번뇌에 시달릴 수도 있습니다. 정견은 차별이나 이분법적 사고로부터 자유롭습니다. 어떤 것은 없애버리고 그 반대되는 것은 그대로 지니려 해서는 안 됩니다. 죽음은 몰아내고 삶만 남겨두려 해서는 안 됩니다. 비존재는 없애버린 채 존재만 남겨두려는 마음을 먹어서도 안 됩니다.

존재와 비존재

정견은 행복의 바탕이고, 잘못된 견해인 사견邪見은 고통의 바탕입니다. 영속이 사견이라는 건 확실합니다. 우리가 관찰한 바에 따르면 모든 것은 일시적이고 끊임없이 변합니다. 그 어떤 것도 영원히 똑같을 수는 없습니다. 따라서 불멸은 잘못된 견해입니다. 아울러 우리가 죽으면 아무것도 남지 않는다는 소멸 역시 잘못된 견해입니다. 영속과 소멸은 서로 반대되는 개념입니다. 존재와 비존재, 탄생과 죽음 등 모든 반대되는 개념들은 다 사견입니다. 그런데 존재의 개념과 비존재의 개념 둘 다 많은 두려움을 불러일으킵니다. 하지만 정견을 지니면 두 개념을 극복하고 두려움 없이 살 수 있게 됩니다.

불꽃을 일으키려면 성냥을 다른 물체에 그어야 합니다. 말하자면 불꽃의 일부는 성냥갑 안에 숨어 있고 일부는 성냥갑 밖에 숨어 있습니다. 성냥갑 밖에는 산소가 있는데 불꽃을 일으키는 필수 조건이지요. 그렇다면 불꽃이 일어나기 전에는 그것이 존재하지 않는 것으로 보아야 할까요? 깊이 보기를 수행한 덕분에 우리는 삼라만상이 다양한 조건에 의거해 제 모습을 드러낸다는 것을 압니다. 조건이 충족되면 불꽃이 일어납니다. 일단 불꽃이 일어나면 사람들은 그제야 비로소 불꽃이 존재한다고, 그것이 존재의 영역에 있다고들 합니다. 그리고 불꽃이 일어나기 전에는 그것이 비존재의 영역에 속한다고 합니다. 하지만 실체는 존재와 비존재의 개념을 모두 초월합니다.

같지도 않고 다르지도 않다

불꽃을 하나 더 일으키기 위해, 불이 켜진 초로 불이 켜지지 않은 초에 불을 붙인다고 가정해보십시오. 두 번째 불꽃은 첫 번째 불꽃과 같은 불꽃일까요, 아니면 완전히 다른 불꽃일까요? 그것은 명상할 문제입니다. 가족 앨범을 펴고 당신이 다섯 살일 때 사진을 보면 사진 속의 꼬마는 지금의 당신과는 한참이나 다릅니다. 당신은 그 꼬마와 같은 사람일까요, 다른 사람일까요? 외모에 관한 한 당신은 어렸을 때와는 완전히 딴판입니다. 또 그때와는 상당히 다른 감정, 인식, 정신 구조, 의식을 지니고 있습니다. 지금의 당신은 그 꼬마와 완전히 다릅니다. 그렇다면 당신은 같은 사람일까요, 아니면 완전히 다른 사람일까요? 이것은 같음과 다름이라고 불리는 서로 반대되는 개념의 또 다른 예입니다. 당신은 완전히 같지도 않고 그렇다고 완전히 다르지도 않습니다.

주체와 객체

이제 우리는 정견을 공부하는 데 결정적으로 중요한 한 쌍의 개념에 이르렀습니다. 바로 주체와 객체입니다. 흔히 의식을 인식의 주체라고 생각합니다. 그리고 저쪽에 세상이 있는데 그것을 인식의 객체라고 생각합니다. 그러면서 이 두 가지가 완전히 다르다고 생각합니다. 이쪽에 의식의 주체인 의식이 있고 저쪽에 의식의 객체인 세상이 있다는 거지요. 하지만 부처님의 가르침에 따르면 이것은 기초적 오류입니다.

당신이 깨어 있는 마음으로 호흡하기를 수행하며 "숨을 들이쉬면서 나는 내 들숨을 압니다"라고 말할 때, 당신은 더 이상 관찰자가 아닌 방식으로 수행하는 것입니다. 말하자면 당신이 자신의 들숨이 된 것처럼 수행하는 것이지요. 당신은 이제 더 이상 주변을 서성이는 관찰자가 아니라 참여자가 된 것입니다.

불교에서는 여섯 가지 감각 기관을 말합니다. 눈, 귀, 코, 혀, 몸, 마음이 그것들입니다. 앞의 다섯 가지는 생리적인 것이고 마지막은 정신적인 것입니다. 마음 역시 감각기관으로 정신적인 의식입니다. 눈이 지각하는 대상은 형태입니다. 귀는 소리이고요. 코는 냄새, 혀는 맛 그리고 몸은 접촉을 지각합니다. 마음이 지각하는 대상은 다르마dharma입니다. 다르마는 마음의 대상으로 객관적 실체는 아닙니다. 우리가 무언가를 지각할 경우 그것은 우리 의식의 대상입니다. 세상도 우리 마음의 대상 가운데 하나일 뿐입니다.

주체와 객체는 동시에 나타나며 서로 의존합니다. 당신이 산을 본다면, 그 산은 당신 지각의 대상이자 당신 마음의 대상입니다. 그것은 당신 의식에서 분리된 것이 아닙니다. 본다는 것은 어디까지나 무언가를 본다는 뜻입니다. 듣는다는 것도 물론 무언가를 듣는다는 말이며 다른 경우도 다 마찬가지입니다.

이중적 파악

만일 당신이 의식의 대상과 따로 떨어져 존재하는 주체적 의식이 있다거나 의식과는 별개로 존재하는 외부 세계가 있다고 믿는다면, 당신은 이른바 이중적 파악이라는 오류에 빠진 것입니다. 그러니까 주체와 객체를 서로 다른 두 가지로 보는 방식에 사로잡혀 있다는 말이지요. 정견은 주체와 객체가 서로 분리된 독립체라는 견해를 극복할 때에 도달할 수 있습니다. 우리는 흔히 왼쪽은 오른쪽의 반대라고 생각합니다. 위는 아래의 반대이고 존재는 비존재의 반대라고 생각하지요. 또 삶은 죽음의 반대, 행복은 괴로움의 반대라고 생각합니다. 때때로 우리는 그중 한쪽만 원하고 다른 쪽은 원하지 않습니다. 말하자면 행복만 원하고 괴로움은 원하지 않는 식이지요.

함께 존재하는 본성 이해하기

주체와 객체가 분리된 것이 아니라는 것을 알기 위해서는 우리 자신을 훈련할 필요가 있습니다. 정견은 수행을 요합니다. 삼라만상에 내재하고 있는 함께 존재하는 본성을 이해할 수 있는 방식으로 일상생활을 해야 합니다. 이를 위해서는 일상적인 행동을 할 때 좀 더 정신을 바짝 차려야 합니다. 또 깨어 있는 마음으로 호흡하고 깨어 있는 마음으로 좌선하고 깨어 있는 마음으로 걷는 수행도 필요합니다. 우리는 깊이 보기를 통해서만 행복과 괴로움이 따로 떨어진 개별적 문제가 아니라는 점을 알 수 있습니다. 우리의 견해는 개인적 문제로만 끝나지 않습니다. 우리가 세상을 보는 방식은 이 세상에 존재하는 모든 것에 영향을 미칩니다.

우리가 곧 지구

우리가 환경에 해를 끼치는 것은 곧 우리 자신에게 해를 끼치는 일입니다. 다른 사람에게 해를 끼치는 것 역시 우리 자신에게 해를 끼치는 일입니다. 세상을 '함께 존재함'을 알고 정견이라는 관점으로 본다면 이 사실을 금방 알 수 있습니다. 생태계와 인류는 별개의 두 가지 존재가 아닙니다. 우리가 생태계를 훼손하는 것은 곧 우리 자신을 죽이는 일입니다. 우리가 생태계고 생태계가 곧 우리 자신입니다. 우리가 지구고 지구가 곧 우리 자신입니다. 환경에 해로운 일을 하는 것은 그것이 무엇이든 곧 우리 자신에게 해로운 일을 하는 것입니다. 광물, 식물, 동물이 더 이상 존재하지 않으면 인류 또한 존재하지 않을 것입니다. 그것들이 이곳에 있어야만 우리도 이곳에 존재할 수 있습니다.

우리는 우리의 조상

우리는 우리에게 조상이 있다는 사실을 아주 잘 압니다. 그런데 우리 조상은 인류만이 아닙니다. 우리에게는 동물 조상도 있습니다. 식물 조상도 있고 광물 조상도 있습니다. 우리의 인류 조상은 아직 매우 젊습니다. 인류는 지구상에 존재하는 생물의 역사상 아주 최근에 등장한 종입니다. 우리 동물 조상은 여전히 우리 안에 존재합니다. 아직도 우리 핏속에는 파충류, 어류, 유인원 등이 남아 있습니다. 그것들은 과거에만 우리의 일부였던 게 아니라 지금까지도 우리 안에 그대로 존재합니다. 그냥 자신의 세포를 깊이 들여다보십시오. 그러면 우리가 곧 생명의 역사 전체라는 것을 알게 됩니다.

옥수수 씨앗

당신이 옥수수 씨앗 하나를 가져다 심으면 싹이 날 것입니다. 떡잎이 두 장 났을 때 옥수수 알갱이였을 때를 기억하느냐고 물어보십시오. 아마도 옥수숫대는 깜짝 놀라서 물을 겁니다. "내가요? 옥수수 씨앗이었다고요? 말도 안 돼요." 만일 그렇게 나온다면 당신은 이렇게 말해줄 수 있습니다. "있지, 내가 맨 처음부터 보아왔거든. 내가 너를 집으로 가져와서 이 화분에 심었단다. 그런 다음 너한테 매일 물을 주었지. 네가 싹이 나오는 것도 보았고. 그러니까 너는 옥수수 씨앗에서 옥수숫대가 된 거라고. 설사 네가 인정하고 싶지 않더라도 그게 진실이야."

당신은 옥수숫대에게 그것이 한때 옥수수 씨앗이었다는 사실을 납득시키려고 애를 쓰면서 다음과 같이 말할 수 있습니다. "옥수숫대야, 만일 네가 스스로를 지혜롭게 들여다보면 네 안에 살고 있는 옥수수 씨앗을 볼 수 있단다. 물론 이제는 씨앗 형태가 아니지만 그래도 그것은 항상 네 안에 있지. 네가 바로 그 옥수수 씨앗이야." 어쩌면 옥수숫대는 이 말을 받아들이기 힘들지도 모릅니다. 하지만 이것이 진실입니다. 줄기는 씨앗의 연속입니다.

당신은 젊은이에게 다가가 다음과 같이 말해줄 수 있습니다. "자네는 자네 아버님의 연속이라네. 자네가 곧 자네 아버님이지. 자네 아버님이 자네 몸의 세포 하나하나에 함께 계시거든." 이것은 사실입니다. 당신이 무슨 일을 하든 당신 아버지가 당신과 함께 그 일을 하고 계십니다. 당신이 화가 나면 당신 아버지도 화가 납니다. 당신이 스스로에게 화가 난다면 당신은 당신 아버지에게 화가 나는 것입니다. 그러니까 당신이 당신 아버지에게 화가 난다는 것은 당신 자신에게 화가 난다는 말입니다. 특히 아버지와의 관계가 껄끄럽거나 아버지를 잘 모르는 젊은이의 경우, 이 말을 받아들이기가 어려울 수도 있겠지만 아무튼 이것이 진실입니다.

깨어 있는 마음으로 집중하면 당신은 자연히 대상을 더 깊이 보게 됩니다. 그 결과 당신 몸이 당신만의 것이 아니라는 사실을 알 수 있습니다. 그것은 당신 부모와 조상들, 그리고 당신보다 앞서 살았던 모든 생명체의 몸이기도 합니다. 이런 식으로 깊이 들여다보면 당신의 세포 또한 당신의 모든 후손들 속에서 계속 살아가리라는 것을 알게 됩니다. 당신 뒤에 태어날 모든 생명체는 당신 연속체의 일부가 될 것입니다. 당신은 자신이 부모의 모든 훌륭한 자질과 재능과 아름다움을 지닌, 그분들의 연속임을 알 수 있습니다. 아울러 그분들의 모든 어려움과 고난 역시 당신 안에 살고 있음도 알 수 있습니다. 당신은 당신 자신뿐 아니라 그분들을 위해서도 그분들의 괴로움을 변화시킬 수 있습니다.

위대한 연대감

당신이 정견을 갖추고 있어서 당신 안에 있는 당신 조상과 후손들을 볼 수 있게 되면 당신은 위대한 연대감을 느낄 수 있습니다. 내 몸은 수많은 요소로 이루어져 있습니다. 우리 조상과 후손들, 우리가 소비하는 것, 지구, 태양 그리고 우주 전체까지. 우리가 하는 수행은 우리 안팎에 존재하는 이 모든 요소들과 조화롭게 살기 위한 것입니다.

우리가 별개의 독립된 존재라는 견해는 감옥과 같습니다. 당신이 잘못된 견해에 얽매여 있다면 당신은 가정 안에서나 밖에서나 스스로를 다른 사람들과 비교하느라 괴롭기 짝이 없습니다. 우리는 다른 사람들 때문에 상처를 받을 수도 있고 우리가 그들과 다르고 그들과 별개라는 생각에 자부심을 느낄 수도 있습니다.

"아이고, 난 내 어머니인 그 여자랑 아무 상관도 없어요. 나한테는 너무 힘든 사람이에요. 난 내 아버지와도 아무 상관 없어요. 나한테 늘 욕지거리나 해대고 심지어 때리기까지 한 양반인걸요. 난 그 남자랑 아무 상관없어요."

하지만 조상들의 씨앗은 우리 안에 있습니다. 숨을 들이쉬면서, 나는 내 세포 하나하나에 여전히 내 아버지가 살아 계심을 의식합니다. 내 어머니도 마찬가지고요. 당신이 무아無我를 깨달을 때, 자신이 다른 사람보다 잘났다거나 못났다거나 대등하다거나 하는 문제는 아무 의미도 없습니다. 당신과 그 다른 사람은 별개의 존재가 아니니까요.

깨어 있는 마음이 아닐 경우, 우리는 자신의 일부만 지각할 뿐입니다. 우리는 자신의 경험에 의거해 몇몇 특성을 고른 다음 스스로 이런 사람 또는 저런 사람이라고 판단합니다. 명상 수행은 자신 전체를 인지하는 것입니다. 조상에게 받은 모든 요소들, 그들의 장점과 단점까지도 모두 아우른 자신의 총체를 인지하는 것입니다. 어쩌면 이것이 지적인 일처럼 느껴질지도 모릅니다. 하지만 깨어 있는 마음으로 의식하고 명상하는 수행을 한다면 당신은 그것을 인지하게 될 것입니다. 명상 수행은 정견을 수행하는 것입니다. 당신은 당신이 자녀이고 형제자매이고 부모라는 사실을 깊이 보게 될 것입니다. 당신은 당신이 미워하는 사람이면서 당신이 사랑하는 사람입니다. 이 사실을 믿기 위해 당신은 이것을 경험해야 합니다.

조상과 함께 바라보기

어느 날 나는 창밖의 산을 내다보다가, 이 산들을 바라보고 있을 때 내 모든 조상들이—내 아버지, 어머니, 할아버지 및 인류의 모든 조상들이—내 안에 계시면서 나와 함께 산을 보고 있다는 사실을 퍼뜩 깨달았습니다. 우리는 함께 아름다운 새벽을 맞이하면서 색채의 향연을 즐겼습니다.

내 눈은 나의 것이면서 내 조상들의 것이기도 합니다. 그 모든 조상들이 나와 함께 찬란하게 떠오르는 태양을 바라보며 감탄을 금치 못했습니다. 조상들은 수많은 세대에 걸쳐 열심히 일하면서 걱정과 스트레스, 분노와 두려움의 순간을 무수히 겪었습니다. 아마도 그분들은 고요하고 평화롭고 행복하게 앉아 그 위대한 연대감을 누릴 기회를 단 한 번도 가져본 적이 없었을지도 모릅니다. 또 가만히 앉아 자신의 호흡을 따르거나 오롯이 스스로에게 집중해본 적도 없고 주변의 멋진 환경을 접해본 적도 없었을 것입니다. 그러므로 우리가 그처럼 멈출 경우 우리의 모든 조상들도 약속이나 한 듯이 동시에 멈춥니다. 그분들이 우리 몸 안에, 우리 세포 하나하나에 함께 계시기 때문입니다. 이제 우리에게는 멈출 기회가 있습니다. 우리가 멈출 수 있다면 그분들 모두를 위해 멈춥니다. 그러면 그분들도 우리와 함께 멈춥니다.

우리가 멈춰 서서 장엄한 새벽 풍경을 접하는 순간이야말로 깨달음을 얻은 순간입니다. 당신은 개별적인 존재로 깨달은 것이 아닙니다. 깨달음은 당신이 모든 조상과 후손들과 온전하게 접하는 순간이며 그들과 더불어 평화, 기쁨, 행복을 나누는 순간입니다. 이것은 한 개인으로서 모든 감각을 다 포기한다는 뜻이 아닙니다. 오히려 당신은 미소를 지으면서 당신의 아름다운 미소를 보고 그들 모두 미소 짓고 있다는 걸 알 수 있습니다. 당신이 평화롭게 걸으면 그들도 모두 당신과 함께 평화롭게 걷습니다.

우리는 한몸이다

우리는 우리 자신과 다른 사람들이 서로 연결되어 있음을 알 필요가 있습니다. 팔레스타인 사람들과 이스라엘 사람들은 그들이 서로 연결되어 있음을, 그들이 하나라는 사실을 알아야 합니다. 기독교 신자들, 이슬람교 신자들, 유대인들은 전부 하나의 뿌리에서 나왔는데도 마치 옥수수 씨앗에서 태어난 것을 잊어버린 옥수숫대처럼 행동합니다.

정사유

부처님이 제안하신 팔정도는 정사유正思惟에서 시작하지 않습니다. 정사유는 정견을 바탕으로 해야 하기 때문입니다. 정견은 정사유로 이어지는 깊은 이해를 제공합니다. 정사유는 그 안에 올바른 의도를 함축하고 있습니다. 우리가 어떤 생각을 할 때, 거기에는 우리 의도도 표현됩니다. 따라서 정견이라는 통찰에 의거해 윤리법을 제정할 경우, 우리의 의도가 출발점입니다.

정사유는 비이원론, 공, 함께 존재함에 대한 통찰이 구현된 생각하기입니다. 우리는 이런 통찰에 부합하는 생각을 해낼 수 있습니다. 그런 생각은 분리와 절망을 몰아내기 때문에 우리를 치유하고 세상을 치유할 것입니다.

정사유는 이해와 자비에 부합하는 생각하기입니다. 이해와 자비가 결여된 생각은 정사유가 아닙니다. 정사유는 행복을 가져옵니다. 화해, 자비, 이해, 차별하지 않기라는 생각을 하자마자 우리는 몸과 마음이 치유되기 시작하는 걸 느끼고 당장 기분이 좋아집니다. 정사유는 치유하고 변화시킬 수 있습니다.

만일 우리가 잘못된 사유와 일치하는 생각, 증오와 분노와 절망으로 똘똘 뭉쳐 있다면 그것은 우리의 건강과 화합을 망가뜨리고 우리에게 괴로움을 안겨줄 것입니다. 또 우리에게 당장 고통을 가져오며 세상에도 고통을 안겨줍니다.

정사유는 차별이 없는 쪽으로 나아가는 생각하기이며 이해와 자비를 지향하는 생각하기입니다. 우리는 언제라도 차별과 이분법적 사고로부터 자유로운 생각, 화와 분리로부터 자유로운 생각, 그러니까 이해와 자비로 가득 찬 생각을 할 수 있습니다. 차별이 존재하는 한 사랑과 이해는 불가능합니다.

무분별지無分別智라고 불리는 지혜가 있습니다. 우리가 정사유와 일치하는 생각, 자비와 이해가 넘치는 생각을 할 수 있다면 그 생각은 즉시 우리를 치유하고 세상을 치유하기 시작합니다. 반면 불화, 미움, 화로 똘똘 뭉친 생각을 하면, 그 생각이 우리 몸과 마음을 망가뜨리고 세상을 망가뜨리기 시작합니다. 그야말로 파괴적인 생각이지요.

우리는 자신의 몸을 들여다보면서 매 순간 탄생과 죽음이 일어나는 것을 봅니다. 매 순간 우리 몸 안에서 수백만 개의 세포가 죽어가고 새로운 세포가 태어납니다. 탄생과 죽음은 서로 의지해야만 존재할 수 있습니다. 이 통찰이 있는 사람은 더 이상 죽음을 두려워하지 않습니다. 탄생, 삶, 죽음은 지금 이 순간에 항상 공존합니다. 죽음을 받아들이기 위해 죽는 순간까지 기다릴 필요는 없습니다. 죽음이 있는 곳에 삶 또한 있습니다. 죽음과 삶은 서로 연결되어 있으니까요.

우리는 이원론적으로 생각하는 데 익숙하고 그 때문에 괴로움을 겪습니다. 이것이 바로 정견에 근거한 생각하기인 비이원론적 사고를 훈련해야 하는 까닭입니다. 차별하지 않으면서 이해와 사랑에 부합하는 생각을 하는 것은 보기보다 수월합니다. 우리 자신과 세상을 치유하는 힘을 가진 생각이지요. 당신의 생각은 곧 당신의 연속입니다. 불교에서는 생각하는 것을 이미 행동으로 봅니다. 당신은 생각으로 세상을 파괴할 수 있습니다. 하지만 당신의 생각이 세상을 구하고 치유할 수 있는 것 또한 사실입니다.

당신의 생각에 서명이 들어 있다

당신이 어떤 생각을 할 때 거기에는 당신 서명이 들어 있습니다. 그 생각을 한 사람은 바로 당신이므로 그것에 대한 책임을 져야 합니다. 그 생각이 자비와 용서, 차별하지 않기라면 당신은 아름답게 미래로 나아갈 수 있습니다. 그 생각 속에 당신 서명이 들어 있기 때문이지요. 당신은 당신 행동의 장본인입니다. 이는 당신이 한 말에도 그대로 적용됩니다. 당신이 한 말이 용서, 자비, 차별하지 않기에 대한 것이라면 거기에 당신 서명이 들어 있습니다. 당신은 "아니요, 나는 그렇게 말하지 않았어요"라고 부인할 수 없습니다. 당신은 그렇게 말했습니다. 그 안에 당신 서명이 들어 있으므로 아니라고 잡아뗄 수 없습니다. 행동도 마찬가지입니다. 당신이 무슨 행동을 했든 그 안에 당신 서명이 들어 있습니다. 설령 당신 몸이 더 이상 존재하지 않는다 해도 당신 생각은 계속 남아 있습니다.

정어

정어正語는 팔정도의 세 번째 덕목입니다. 당신은 무슨 말을 하거나 글을 쓸 때마다—직업적으로든 개인적으로든—차별하지 않기, 이해, 자비를 의식하며 그 일을 해야 합니다. 당신이 한 말이 당신 자신과 다른 사람들, 그리고 세상을 치유할 수 있습니다. 잘못된 말에서 비롯된 괴로움이 상당히 많다는 것은 널리 알려진 사실입니다.

정어와 관련해서 네 가지 지침이 있습니다. 1. 거짓 없이 정직하게 말하라. 2. 이 사람에게는 이렇게 말하고 저 사람에게는 저렇게 말하는 일 없이 일관되게 말하라. 3. 무례하게 굴지 말고 정중하게 말하라. 4. 과장하지 말고 정확하게 말하라. 이 지침을 바탕으로 우리는 정어를 수행합니다.

당신이 정사유를 지녔다면 당신은 정어에 이르는 법을 아는 셈입니다. 당신은 당신 애인이 영원하지 않다는 것을 압니다. 그의 마음도 영원하지 않고 그의 몸도 영원하지 않습니다. 그런데도 당신은 평소 그가 영원하리라고 간주하고 그를 당연한 존재로 여기며 소홀히 대합니다. 정사유는 당신이 그가 무상한 존재임을 안다는 뜻입니다. 이 통찰이 있을 경우 당신은 화내지 않을 것입니다. 대신 다른 식으로 행동하고 말하려 하겠지요. 그러니 "그 사람이 나를 배신했어"라고 모질게 말하지 마십시오. 대신 "그래, 나한테도 거기에 대해 어느 정도 책임이 있다는 걸 알아"나 "일을 원만하게 처리하지 못한 건 내 책임이야" 등으로 말하십시오. 그것이 바로 정어입니다.

당신이 좌정한 채 용서와 자비로 가득 찬 편지를 쓰고 있다고 상상해보십시오. 그 편지를 쓰는 동안 당신은 스스로 치유하고 있습니다. 설령 상대방이 그 편지를 아직 안 읽었다 하더라도 당신 주위의 세상은 이미 치유되기 시작합니다. 당신은 이메일을 보낼 때에도 정어를 수행할 수 있는데, 그것은 당신이나 상대방의 내면에 있던 번뇌를 즉시 날려버릴 수 있습니다. 기다릴 필요가 뭐가 있나요? 우리는 스스로 치유하고 자기 자신이나 세상과 화해하기 위해 언제든지 정어를 수행할 수 있습니다.

정어는 차별하지 않기, 용서, 이해, 지지, 사랑을 표현하는 말하기입니다. 우리는 그런 내용의 말을 하거나 글을 쓰면

기분이 좋아진다는 사실을 압니다. 정어가 사람을 그만큼 자유롭게 하고 치유해주며 안도감을 가져옵니다. 정어는 행복을 가져옵니다. 차별, 미움, 응징하고 싶다는 욕구가 담긴 모든 말은 너나없이 모든 사람에게 괴로움을 안겨줄 따름입니다.

능숙하게 말하라

부처님은 공空, 수냐타sūnyatā에 대해 말씀하시며 제자들이 이를 하나의 견해로 받아들일까 봐 매우 염려하셨습니다. 또 무아에 대해 말씀하실 때에도 제자들이 이것 또한 견해로 받아들일까 봐 걱정하셨습니다. 우리는 흔히 자아라는 견해에 얽매입니다. 하지만 무아라는 견해에 사로잡힐 수도 있습니다. 온갖 견해를 다 버린 텅 빈 상태인 정견이 우리의 바탕을 이룰 때, 우리는 자아나 무아라는 견해에서 자유로워집니다. 무슨 말을 하든 정견에 의거한 말과 예를 사용하도록 유의해야 합니다. 능숙하게 말하십시오. 또 무슨 말을 하든 상대가 견해에 사로잡히지 않도록 능숙하게 하십시오. 부처님은 말씀하셨습니다.

"내 가르침은 달을 가리키는 손가락과 같다. 나는 그대에게 내 손가락을 보여주려는 게 아니라 하늘의 달을 보여주려고 한다. 그런데 그대가 내 손가락을 보고 달이라고 한다면 그대는 길을 잃고 헤맬 것이다."

오바마 대통령의 이집트 연설

2009년 6월 4일, 미국 대통령 오바마는 이집트 카이로 대학교에서 연설을 할 때, 미국과 이슬람 세계 사이의 긴장을 완화시키려고 노력하며 정어를 사용했습니다. 그는 이슬람교와 이슬람 세계 사람들의 가치를 인정하며 겸손한 태도로 말했습니다. 이와 같은 사려 깊은 말하기는 팔정도에 속하는 것으로, 국제 관계의 긴장을 풀어줄 수 있습니다.

오바마는 "나는 이슬람 세계와 새롭게 시작하고 싶습니다"라고 말했습니다. 미국과 이슬람 세계는 적이 아닙니다. 미국은 이슬람교를 배척하지 말아야 하고 이슬람교 또한 미국을 배척해서는 안 됩니다. 우리는 이슬람교가 인류의 문화와 전통에 기여한 훌륭한 일들을 익히 알고 있습니다. 오바마는 겸손하고 사려 깊게 연설하는 방법을 아는, 얼마 안 되는 정치 지도자 가운데 한 사람입니다. 그것이 정어라면 연설 하나만으로도 많은 괴로움을 없애버릴 수 있습니다.

그런가 하면 잘못된 말로 인해 많은 괴로움이 생겨납니다. 잘못된 말이란, 솔직함, 이해, 자비, 화해를 갖추지 못한 말입니다. 글이든 전화 통화든 우리가 하는 말은 정어여야 합니다. 거기에 우리의 통찰과 이해, 자비가 담겨 있어야 합니다. 정어를 실천할 때 우리의 몸과 마음은 날아갈 것처럼 상쾌합니다. 물론 그 말을 듣고 있는 사람 또한 유쾌한 기분입니다. 우리는 하루에도 몇 번씩 정어를, 다시 말해 자비, 관용, 용서의 말을 사용할 수 있습니다. 그것은 돈이 드는 일도 아닙니다. 게다가 치유하는 힘도 있습니다. 정어는 우리를 치유하고 세상을 치유해줍니다.

정업

산스크리트어인 카르마karma는 업業이라는 뜻입니다. 거기에는 우리가 지은 업의 결과도 포함됩니다. 불교에서 말하는 업에는 세 가지 종류가 있습니다. 몸이 지은 업, 말이 지은 업 그리고 마음이 지은 업입니다. 생각하는 것은 이미 업입니다. 말하는 것도 업이고 몸의 움직임도 업입니다. 우리가 생각과 말과 행위로 지어낸 것은 곧 우리 자신의 연속이요, 우리 자신의 카르마입니다. 내 몸이 소멸한다고 해서 내가 계속 존재하지 않는 것은 아닙니다. 우리는 매 순간 생각, 말, 신체 행위라는 세 가지 업을 지어내고 있습니다.

우리의 업은 우리 자신과 세상에 영향을 미칠 것입니다. 또 우리가 지은 업은 우리가 한층 더 훌륭하고 아름답게 연속되는 것을 보장할 수 있습니다. 우리가 자신의 생각과 말과 행동을 어떻게 다루어야 할지 안다면 우리는 계속해서 이 세상에 행복을 만들어갈 것입니다. 우리 몸이 다른 형태로 바뀌고 난 이후에도 그럴 것입니다.

생각하기가 첫 번째 업인 의업意業입니다. 생각하기는 세상에 영향을 줄 수 있습니다. 당신이 잘못 생각할 경우 세상은 괴로움에 시달릴 것이고 당신 또한 괴로움을 겪을 것입니다. 따라서 당신은 정사유를 수행해야 합니다. 정사유와 일치하는 생각들은 차별하지 않기, 함께 존재하기, 이해, 용서, 자비 등의 내용입니다. 그와 같은 생각은 당신에게, 즉시 당신의 건강과 당신의 마음에 그리고 세상에 영향을 미칩니다. 정사유를 통해 당신은 스스로를, 당신의 몸과 마음을 치유할 수 있습니다. 당신의 사고가 잘못되면 그것이 당신의 몸과 마음을 망칩니다. 그러므로 자비, 용서, 이해, 차별하지 않기로 이루어진 생각을 어떻게 하는가를 배우는 것이 매우 중요합니다. 정사유는 당신과 세상을 치유할 수 있습니다.

말하기도 세상을 바꿀 수 있습니다. 우리가 자비, 이해, 차별하지 않기, 포용에 부합하는 말하기나 글쓰기를 할 수 있을 때 우리 몸과 마음은 아주 유쾌해집니다. 그런 말은 치유 효과를 지닙니다. 친절하고 관대하고 자비로운 말을 하고 나면 당신 기분은 훨씬 좋아집니다. 자비와 용서로 가득 찬 편지를 쓰면서 당신은 속으로 몹시 흐뭇해합니다. 설령 상대방이 아직 편지를 읽지 않았더라도, 아니 아직 편지를 부치지도 않았더라도 당신은 이미 날아갈 듯한 기분이 됩니다. 정어는 치유하고 자유롭게 해줄 수 있습니다. 그것은 당신을 치유하고 자유롭게 해주며, 다른 사람들을 치유하고 자유롭게 해주는 데 도움이 됩니다. 말하기는 업의 두 번째 형태인 구업口業입니다.

업의 세 번째 형태는 몸이 짓는 업, 곧 신업身業입니다. 당신이 누군가를 지지하고 보호하고 위로하고 구해주는 일을 하는 경우 당신 마음은 무척 뿌듯합니다. 그 효과는 당신에게 즉시 나타납니다. 삼업三業은 몸으로 짓는 신업, 입으로 짓는 구업, 뜻이나 생각으로 짓는 의업을 가리킵니다.

함께 존재함, 무아, 비이원론에 대한 통찰을 지닐 때 우리의 사고는 정사유가 되고, 우리의 말은 정어가 되며 우리의 행동은 정업正業이 될 기회를 가질 것입니다. 우리의 모든 생각과 말과 행동에 우리의 서명이 들어 있습니다. 우리가 지은 업이 우리를 계속 존재하게 합니다. 정견을 가지려면 영속과 소멸이라는 관념을 초월해야 합니다. 정견이란 영속과 소멸을 비롯해 아무 견해도 없는 상태입니다.

따라서 만일 우리가 가까운 친지를 잃고 그의 죽음이 슬프다면 우리는 다시 보아야 합니다. 그 사람은 여전히 계속 존재하고 있습니다. 우리는 그가 한층 더 아름답게 연속될 수 있도록 무언가를 할 수 있습니다. 그 사람은 우리 마음속과 우리 주변에 여전히 살아 있습니다. 우리는 새로운 바라보기 방식으로 사방에서 그 사람을 알아볼 수 있습니다. 찻잔 속의 구름을 알아보는 것과 똑같은 식이지요.

당신이 깨어 있는 마음으로 삼매경에 빠져 차를 마신다면 당신은 구름이 아주 가까이 찻잔 속에 있다는 통찰을 지닐 수 있습니다. 당신은 결코 그 사람을 잃은 게 아닙니다. 그 사람은 당신과 아주 가까운 곳에 여전히 살아 있습니다. 아마도 과거와는 다른 새로운 모습을 하고 있겠지요. 이것이 슬픔을 극복하기 위해 우리가 지녀야 할 통찰입니다. 우리는 그 사람을 잃었다고 생각하지만 그 사람은 죽지 않았습니다. 사라진 것도 아닙니다. 단지 새로운 모습으로 계속 존재하는 것입니다. 그 사람이 계속 존재함을 깨닫는 한편 그 깨달음을 계속 간직하기 위해서는 깊이 보기를 수행해야 합니다. 정사유, 정어, 정업을 통해 그 사람의 존재감을 계속 느낄 수 있습니다.

"여보, 나는 당신이 거기 있다는 것을 알아. 나한테는 아주 생생하게 느껴져. 나는 당신을 위해 숨을 쉬고 사방을 둘러보고 있어. 당신을 위해 즐겁게 살고 있다고. 그리고 당신이 여전히 나랑 아주 가까운 곳에 있다는 것도, 내 안에 있다는 것도 알아."

우리는 이런 식으로 괴로움을 변화시키면서 기분이 훨씬

나아질 수 있습니다.

만일 당신이 함께 존재함에 대한 통찰을 지니고 있다면 당신이 생각하는 것은 정사유가 될 것입니다. 또 당신이 말하는 것은 정어가 되고 당신이 행하는 일은 정업이 될 것입니다. 그러면 당신이 자비·이해에 부합하는 삶을 살겠다고 선택하기도 매우 수월해질 것입니다. 당신은 괴로움을 행복으로 바꾸고 사람들을 돕기 위해 시간을 어떻게 활용해야 할지 알고 있습니다.

업이란 우리의 생각, 말, 행동을 맡겨두는 저금통장과 같습니다. 현재의 몸이 사라진 뒤에도 우리의 업은 언제까지고 계속됩니다. 생각하기, 말하기, 행동하기는 우리가 날마다 행하는 업입니다.

우리는 세상에 우리의 생각과 말과 행위를 제공하고 있습니다. 그것이 우리가 개인적으로 세계를 치유하고 세계 윤리를 수립하는 데 기여하는 길입니다. 물론 가장 훌륭한 생각과 말과 행동을 제공하는 것이 가능합니다. 이것들이야말로 우리의 생산물이고 우리의 연속입니다. 그것들은 사라지지 않고 우주 안에 계속 존재할 것입니다. 우리의 생각과 말과 행동의 영향은 우리 몸이 그대로 여기에 있든 해체되었든 상관없이 계속 이어질 것입니다.

부처님은 우리가 세 가지 업 하나하나에 유의해서 그것들 모두 팔정도의 범주에 들기를 바라십니다. 정업은 특히 올바른 신업에 대해 언급하면서 생각하기와 말하기는 따로 취급하고 있습니다. 올바른 신업은 구조, 지원, 보호를 가져오고 사람, 동물, 식물, 광물의 생명을 구합니다. 정업은 환경을 보호하고 지구 온난화 현상을 거꾸로 되돌리도록 도와줄 수 있습니다. 정업은 지금 여기에서 가능합니다. 깨어 있는 마음으로 소비하는 것도 정업입니다. 잘못된 행동이 고통을 가져온다면 정업은 행복을 가져옵니다.

정명

정명正命은 괴로움을 일으키지 않는 방식으로 생활을 꾸려나가는 것으로, 이를 통해 자비와 이해에 대한 우리의 이상을 표현할 수 있습니다. 사랑, 배려, 자비를 표현할 수 있는 일에 종사하는 사람은 분명 그 때문에 행복할 것입니다. 그와 같은 삶을 사는 것은 대단히 바람직한 일이기에 비록 돈은 좀 덜 벌더라도 훨씬 더 행복할 것입니다.

자신이 올바른 길을 걷고 있음을 안다는 사실 하나만으로도 우리는 행복할 수 있습니다. 정명은 행복을 가져오고, 잘못된 생활은 괴로움을 가져옵니다. 그것은 지구를 파괴하고 우리 몸과 마음으로 스며드는 독을 만들어냅니다. 팔정도는 정명을 권합니다. 괴로움의 원인은 자신과 남에게 해를 끼치는 방식으로 삶을 꾸려나가는 잘못된 생활에 있습니다.

우리나라가 가난한 나라에 무기를 팔고 있는데 그것이 국가의 주요 산업이라고 가정해보십시오. 많은 선진국들이 가난한 나라에 무기를 판매합니다. 그것은 정명이 아닙니다. 빵 한 조각 물 한 모금 얻지 못한 채 오랫동안 빈 접시를 들고 있는 어린 소녀에게 누군가 수류탄과 폭탄과 총을 준다고 상상해보십시오. 이게 말이 되는 짓인가요?

당신이 영화 제작자라면 폭력적인 영화가 날개 돋친 듯이 팔린다는 것을 잘 압니다. 하지만 사람들이 이런 영화를 보는 것은 곧 폭력과 화와 두려움을 소비한다는 말입니다. 사람들은 날마다 이런 영화에 중독됩니다. 당신은 사람들이 사고 싶어 한다는 이유만으로 기름을 많이 먹는 자동차를 생산할 수도 있습니다. 그러면서 오염이나 에너지 고갈 문제는 전혀 생각하지 않습니다. 하지만 정명을 수행할 경우 우리는 우리가 하는 일의 수익성뿐만 아니라 그것이 가져올 나쁜 영향도 생각하게 됩니다.

정근

'사미아크 프라다나samyak pradhana'라는 말은 종종 정정진正精進이라고 번역되기도 합니다마는, 나는 '정진精進'이라는 말보다 '정근正勤'이라는 말이 더 마음에 듭니다. 정진은 사람을 지치게 할 수 있기 때문입니다. 물론 부지런할 경우에는 지칠 이유가 없습니다. 깨어 있는 마음 수행을 너무 강도 높게 하지는 마십시오. 그냥 규칙적으로 부지런히 하면 됩니다. 간혹 몇 주일 동안 매우 강도 높게 수행한 다음 수행을 포기하는 사람들이 있습니다. 반면 별로 강도는 높지 않지만 지속적이고 규칙적으로 수행하는 사람들이 있습니다.

누군가 당신에게 왜 명상 수행을 하고 깨어 있는 의식 수행을 하느냐고 묻는다면 "그게 좋아서요"나 "그렇게 하는 게 즐거워서요"가 바람직한 대답일 것입니다. 만일 수행이 즐겁지 않다면 당신은 억지로라도 노력해야 합니다. 그런데 정진하는 도중에 지쳐버리면 결국 당신은 수행을 포기하고 맙니다.

우리가 수행을 하는 제일 큰 이유는 "그것을 좋아하기 때문입니다." 왜 걷기 명상을 하나요? 그것을 좋아하기 때문입니다. 왜 채식을 하나요? 그것이 좋기 때문입니다. 어떤 일을 좋아하면 그것을 계속할 것입니다. 정근은 행복을 가져옵니다. 깨어 있는 마음으로 걷고 움직이는 수행, 깨어 있는 마음으로 호흡하고 미소 짓는 수행은 행복과 평화를 가져옵니다. 깨달음을 얻은 후에도 부처님은 수행을 멈추지 않으셨습니다. 부처님은 이미 부처가 되셨습니다. 그런데 왜 깨어 있는 마음으로 걷는 수행을 하셔야 했을까요? 그것을 좋아하셨기 때문입니다.

잘못된 근면

우리 중에는 매우 근면하기는 하나 그것이 잘못된 것이라 문제인 사람들이 있습니다. 잘못된 근면은 고통을 가져올 수 있습니다. 예를 들면 너무 일에 파묻힌 나머지 자기 자신이나 사랑하는 사람을 돌보지 않는 사람들이 있습니다. 완전히 일에 사로잡힌 것이지요. 그런 사람들은 매우 열심히 일하고 많은 노력을 기울이는데도 아무런 행복도 느낄 수 없습니다. 많은 사람들이 몹시 분주하게 움직이면서 잘못된 근면을 실천하느라 스트레스를 받습니다. 통찰로 이어지는 근면을 실천하는 대신 돈, 명예, 쾌락을 좇아 부지런히 달립니다.

정근의 네 단계

부처님은 정근을 네 단계로 설명하셨습니다. 이 네 단계에는, 우리 내면의 긍정적 씨앗에 물을 주고 부정적 씨앗에는 휴식을 주는 데 초점을 맞춰 깨어 있는 마음을 수행하는 것이 포함됩니다. 또 이 네 단계는 함께 존재하며 각각의 단계에 나머지 세 단계가 포함됩니다. 불교 철학에서는 사람의 의식을 이층 구조로 표현합니다. 그중 아래쪽 단계를 저장식이라 하는데, 모든 행복과 고통의 씨앗이 다 여기에 있습니다. 한편 우리가 의식적으로 어떤 씨앗에 물을 주면 그것이 활성화되어 위로 올라오는데 이 위쪽 단계를 마음식이라고 합니다. 어떤 씨앗이 일단 마음식으로 올라오면 더는 씨앗이라 불리지 않고 정신 구조라고 불립니다. 마음식은 거실과, 저장식은 지하실과 비슷합니다. 일반적으로 우리는 마음에 들지 않거나 거실에 놓고 싶지 않은 것들을 지하실에 넣어둡니다.

정근의 첫 번째 단계는 유익하지 않은 씨앗이 나오지 못하도록 최선을 다하는 것입니다. 우리 내면에는 유익한 씨앗도 있고 유익하지 않은 씨앗도 있습니다. 사람의 의식 밑바닥에는 사랑, 자비, 기쁨, 용서 등의 씨앗이 있는데, 마치 우리 내장이나 입 안에 다양한 박테리아가 살고 있는 것과 같습니다. 이들 미생물 가운데 매우 유용한 것이 있는 것처럼 이들 씨앗도 매우 유익합니다. 반면 저장식에는 화, 두려움, 절망, 트라우마와 같은 다른 종류의 씨앗도 있습니다.

정근의 첫 번째 단계는, 유익하지 않은 씨앗이 밖으로 나오지 못하도록 세심하고 노련하게 대처하는 것입니다. 그것들이 저 아래 저장식에서 조용하고 평화롭게 잠자도록 해야 합니다. 공연히 내려가서 그것들을 건드리지 마십시오. 그것들을 깨울 경우 문제를 일으킬지도 모르니까요. 정근의 두 번째 단계는, 만일 우연히 화, 절망, 질투, 고통, 트라우마와 같은 씨앗이 이미 정신 구조로 나타났다면, 그것이 저장식으로 돌아가 다시 씨앗 상태로 잠들 수 있게 도와주는 것입니다. 씨앗이 마음식에 올라와서 오래 머물면 점점 더 강해집니다. 그러므로 유익하지 않은 정신 구조가 나타나면 그것을 너무 오래 머물게 하지 마세요. 저장식으로 돌아가게 하되 강압적이 아니라 스스로 돌아가도록 도와주십시오. 유익한 씨앗이 올라오게 하여 그 자리를 대신하게 하는 것도 한 가지 방법입니다.

나무못 바꾸기

부처님은 목수의 나무못을 예로 들어 설명하셨습니다. 나뭇조각 두 개를 연결하려면 목수는 각각의 조각에 구멍을 뚫고 그것을 나란히 맞춘 다음 나무못을 박습니다. 하지만 못이 썩었거나 더 이상 쓸 만하지 않으면 목수는 낡은 못을 빼고 그 자리에 대신 새 못을 박습니다. 나무못을 바꾸는 것은 부처님께서 추천하신 방법입니다. 유익하지 않은 정신 구조가 나타났을 때 수행자는 그것을 좋은 것으로 대체하는 방법을 알아야 합니다. CD의 경우를 예로 들어봅시다. 만일 CD를 들으면서 즐겁지 않다면 무엇 하러 계속 그것을 들어야 할까요? CD를 바꾸면 됩니다. 만일 분노나 절망이 싫다면 무엇 하러 거기 주저앉아 괴로움을 겪어야 하나요? 어떤 영화나 텔레비전 프로그램이 더 이상 보고 싶지 않으면 채널을 돌려버리면 됩니다. 우리 안에는 자비, 사랑, 기쁨, 평화의 긍정적 씨앗이 있습니다. 따라서 그것들을 올라오라고 초대하십시오. 그것은 매우 유쾌한 일로 즉시 상황을 변화시킬 수 있습니다. 그러면 당신은 언짢은 정신 구조와 싸우거나 그것을 억압할 필요가 없습니다.

정근의 세 번째 단계는 유익한 씨앗을 위로 올라오도록 초대하는 것입니다. 당신이 초대할 유익한 씨앗을 한동안 만나지 못한 친구라고 생각하십시오. 거실에 나타난 친구는 당신에게 커다란 기쁨을 안겨줍니다. 그러니 그 친구에게 초대장을 보내십시오. 당신도 알다시피 그 친구가 거실에 등장하면 어둠과 슬픔은 사라질 것입니다. 행복하고 기쁘고 자비롭게 살 수 있는 능력인 이 친구는 당신 안에 있으므로 언제라도 불러낼 수 있습니다. 우리는 그들을 자주 거실로 초대해야 합니다. 그건 그렇게 어려운 일도 아닙니다. 그런 친구가 우리 집 거실에 올 때마다 나는 매우 즐겁습니다. 기쁨과 행복은 언제든지 가능합니다. 우리는 유익한 씨앗들에게 밖으로 나올 기회를 줌으로써 기쁨, 행복, 평온, 평화, 자기 충족감, 용서의 감정을 느낄 수 있습니다.

정근의 네 번째 단계는 유익한 씨앗이 올라올 경우 가능한 한 오랫동안 친구처럼 그것과 함께 거실에 있으려고 노력하는 것입니다. 좋은 친구가 당신 집 거실에 오면 당신은 그 친구가 거기 머물기를 바랍니다. 유익한 씨앗이 거실에 오래 머물면 머물수록 한층 더 튼튼해질 것입니다. 좋은 씨앗이 올라올 경우 그것을 마음식에 잡아두려고 노력하십시오. 그 좋은 씨앗은 밑에서 계속 자라면서 다음에는 좀 더 쉽게 나타날 것입니다. 때로는 당신이 굳이 부르지 않아도 그 씨앗이 당신 거실로 들어올 때가 있습니다. 이제 행복이 일상적이고 통상적인 일이 된 거지요. 그러기 전에는 행복이 일상적이지 않아서 우리는 어쩌다 한 번씩만 행복했을 뿐입니다. 하지만 행복과 사랑의 씨앗이 튼튼해지면 이제 그것들은 초대하지 않아도 제 발로 나타날 것이고 우리는 그것들을 환영하기만 하면 될 것입니다.

이들 네 가지 정근 수행은 훈련이 필요합니다. 다루기 힘든 씨앗들을 저 아래 저장식에 계속 재우면서 위로 불러 올리지 마십시오. 만일 그것들이 나타나면 최선을 다해 가능한 한 빨리 그것들을 저장식으로 돌려보내십시오. 한편 유익한 씨앗들이 나타나지 않으면 밖으로 나오라고 초대하십시오. 그런 다음 그것들이 나타나면 좀 더 오래 머물도록 붙잡으십시오. 이것이 정근의 참뜻입니다. 정근은 커다란 행복을 가져올 수 있습니다.

정념

부처님의 길은 에너지라는 측면에서 이해할 수 있습니다. 깨어 있는 마음이란 우리가 수행하는 동안 만들어내는 에너지인데 이 에너지를 만드는 것이 가장 기본적인 수행입니다. 깨어 있는 마음은 우리로 하여금 지금 이 순간, 여기에 있도록 도와주는 에너지입니다. 또 깨어 있는 마음 덕분에 마음이 몸으로 돌아갈 수 있고 그 결과 우리는 진정으로 존재하고 진정으로 살아 있을 수 있으며, 지금 당장 누릴 수 있는 삶의 경이를 접할 수 있습니다. 깨어 있는 마음은 우리가 우리 내면에서 진행되는 것들, 즉 우리의 행복과 괴로움을 깨달을 수 있도록 도와줍니다. 또 세상의 고통을 잘 다루고 세상의 행복을 위해 일할 수 있도록 도와줄 뿐 아니라 자신의 행복과 괴로움도 잘 다룰 수 있도록 도와줍니다.

깨어 있는 마음의 에너지는 집중의 에너지를 동반합니다.

당신이 무언가에 대해 깨어 있는 마음이라면 당신은 이미 어느 정도 그 대상에 집중하고 있는 셈입니다. 당신이 무언가에 관심을 기울일 때, 깨어 있는 마음을 계속 활발하게 유지할 수 있다면 당신은 자연스럽게 그 대상에 대한 삼매경에 빠질 것입니다. 그리고 삼매경에 깊이 빠지면 빠질수록 한층 더 깨어 있는 마음 상태가 됩니다. 그렇게 두 에너지는 서로 뒷받침해줍니다.

깨어 있는 마음과 집중이 충분히 강해졌을 때 통찰이 생기기 시작합니다. 통찰은 깨달음이고 이해입니다. 우리는 통찰을 얻기 위해 몇 년씩 수행할 필요가 없습니다. 통찰은 우리의 일상적 일이 될 수 있습니다. 깨어 있는 마음만 있다면 이미 어느 정도 통찰도 지니게 마련입니다.

당신이 깨어 있는 마음으로 호흡하고 있다고 가정해보십시오. 이것은 이미 통찰입니다. 모든 사람들이 숨을 쉰다고 해서 그들 모두 그 사실을 의식하지는 않기 때문입니다. 당신이 숨을 들이쉬고 있음을 아는 것 자체가 이미 통찰입니다. 말하자면 이미 깨달음에 이른 상태이고 깨우침을 얻은 상태입니다. 당신은 깨어 있는 마음으로 숨을 들이쉬면서 살아 있음을 인지할 수 있습니다. 살아 있지 않다면 숨을 들이쉬고 있지 않을 것이기 때문입니다. 따라서 숨을 들이쉬면서 당신은 살아 있다는 통찰을 얻습니다. 그리고 살아 있다는 것은 무척 중요한 일입니다. 그것은 온갖 기적 중에서도 가장 놀라운 기적으로 당신은 그런 기적 같은 삶을 누릴 수 있습니다. 당신은 들숨이 축하할 만한 일이라는 식으로 숨을 들이쉴 수 있습니다. 들숨과 함께 당신은 살아 있음을 축하합니다.

깨어 있는 마음으로 호흡하는 수행은 매우 심오한 것일 수 있습니다. 이 수행을 통해 깨어 있는 마음, 집중 그리고 통찰을 얻기 때문입니다. 우리에게 통찰이 있을 경우, 우리는 무슨 일을 하고 무슨 일을 하지 말아야 할지, 무슨 말을 하고 무슨 말을 하지 말아야 할지 압니다. 또 무슨 생각을 하고 무슨 생각을 하지 말아야 할지도 압니다. 우리가 수행하면서 생성하는 세 가지 에너지는 모든 윤리의 바탕입니다. 깨어 있는 마음, 집중, 통찰을 말하지 않고서는 윤리, 도덕이나 행동 규범을 논할 수 없습니다. 깨어 있는 마음, 집중, 통찰의 에너지가 있어야 우리는 길을 찾고, 길을 닦고, 인류를 위해 평화와 행복으로 인도하는 길, 변화와 치유로 이어지는 길을 제공할 수 있습니다. 따라서 세계 윤리라는 주제를 심사숙고할 때마다 수행이라는 측면에서 생각하는 것이 매우 중요합니다. 우리의 가장 기본적 수행은 깨어 있는 마음, 집중, 통찰의 에너지를 만들어내는 수행입니다. 통찰은 자비, 사랑, 화합, 평화를 가져올 것입니다.

한편 정념正念을 수행하면 정정正定도 따라옵니다. 정정을 통해 우리는 모든 잘못된 견해를 극복하고, 우리를 두려움, 절망, 분노에서 벗어나게 해주는 통찰에 이를 수 있습니다. 통찰은 깨어 있는 마음과 집중의 에너지가 있을 때에만 가능합니다.

깨어 있는 마음은 우리가 지금 이 순간에 확고하게 존재하면서 우리 삶을 진정으로 살 수 있도록 우리 마음을 몸으로 돌려보내는 에너지입니다. 그것은 또 우리로 하여금 지금 이 순간 우리 몸과 우리 감정과 우리 인식 안에서 또 이 세상에서 진행되는 일들을 깨닫게 해줍니다. 그렇다면 어떻게 잘못된 깨어 있는 마음이 있을 수 있을까요? 왜 우리는 정념에 대해 말해야 할까요?

만일 우리가 슬픔과 두려움을 야기하는 일들을 계속 생각하거나 미래에 대한 걱정으로 가득 차 있다면 우리 마음에 정정이 들어설 여유가 없습니다. 깨어 있는 마음이 자꾸 과거에 매달리는 것은 자연스러운 경향입니다. 우리가 그동안 살아오면서 겪은 모든 경험이 저장식에 쌓여 있기 때문입니다. 그 바람에 우리는 일상생활에서 과거로 빠져들어가기 일쑤입니다. 우리 안의 어린아이가 그 환경에 익숙하기 때문입니다. 그 아이는 우리와 함께 지금 이 순간으로 나오고 싶어하지 않습니다. 오히려 우리는 과거로 돌아오라고 아이가 부르는 소리에 귀를 기울이는 버릇이 들었습니다. 우리는 과거 속에 머물러 있는 것이 더 편안하게 느껴집니다. 하지만 알다시피 우리 삶은 지금 여기에 있습니다. 우리는 더 이상 아이였을 때처럼 연약하고 상처받기 쉬운 존재가 아닙니다. 오히려 지금 이 순간 매우 안전하게 살 수 있는 사람들입니다.

당신은 언제라도 지금 이 순간으로 돌아올 수 있습니다. 당신은 과거를 방문하고 그곳을 집으로 여기는 습관이 있어서 늘 그 집으로 돌아가고 싶어 할지도 모릅니다. 그곳이 편하게 느껴지기 때문이지요. 하지만 당신은 편안해하면서도 괴로움에 시달립니다. 흔히들 "집만큼 편한 곳은 없어"라고 말합니다. 하지만 과거는 당신의 진정한 집이 아닙니다. 당신의 진짜 집은 지금 여기에 있습니다. 오로지 지금 여기에서만 당신은 실제 삶을 만날 수 있습니다. 과거 속에서는 추억밖에 만날 수 없습니다.

우리 안에는 아직도 두려움, 불안, 번민이 많습니다. 과거나 미래에 매달리는 잘못된 근면은 잘못된 깨어 있는 마음을 불러옵니다. 권력, 돈, 보장된 안전을 얻는 방법에만 몰두하는 것이 곧 잘못된 깨어 있는 마음입니다. 우리는 갈망에 휩쓸린 나머지 우리 주위의 삶이 얼마나 아름다운지 까맣게 잊고 삽니다. 그렇지만 정념이 있으면 우리는 우리 안팎의 긍정적인 것을 접하면서 지금 이 순간을 살게 됩니다.

집으로 가는 길

우리가 정념을 따를 경우, 우리는 우리 몸과 마음을 함께 돌려놓음으로써 지금 이 순간으로 돌아올 수 있습니다. 우리 몸은 정작 이곳에 있는데도 여기를 떠나 과거나 미래로 들어가는 것은 대개 마음입니다. 하지만 깨어 있는 마음을 갖추면 우리는 언제든지 우리 몸으로 돌아올 수 있습니다.

우리 마음에 긴장이 나타난 것을 깨닫고 그것을 내보낼 수 있을 때, 우리의 깨어 있는 마음은 한층 더 단단해집니다. 괴로움이 시작된 사실과 그 원인을 알면 우리는 더 이상 그 괴로움에 시달리고 싶어 하지 않게 됩니다. 우리 안의 긴장과 괴로움을 원하지 않는다는 사실만 인정해도 우리는 멸성제인 행복을 접할 수 있습니다. 나아가 긴장의 원인을 내보낼 경우에는 더욱 편안해지고 한층 더 많은 행복을 누릴 수 있습니다. 이 모든 긴장을 내보내는 방법은 깨어 있는 마음으로 호흡하면서 진행해야 합니다. 그러므로 우리는 항상 깨어 있는 마음에서 시작합니다. 깨어 있는 마음은 마음을 지금 이 순간으로 데려오고 그러면 우리는 대상을 좀 더 깊이 보고 경험할 수 있습니다.

마음이 지금 이 순간으로 돌아오면 당신은 당신 몸이 긴장하고 있는지 알 수 있습니다. 당신은 깊이 보면서 "아하, 내가 걱정, 불안, 계획 들에 끌려다니느라 긴장하고 있구나"라고 말합니다. 그런 다음 이제부터 그렇게 끌려다니지 않겠다고 다짐할 수 있습니다. 정념이 있을 경우 당신은 무엇이 괴로움을 가져오고 무엇이 행복을 가져오는지 깊이 볼 수 있습니다. 정념이란 당신이 지금 당장 편안하고 행복하고 평화로울 수 있다는 사실을 깨닫는 것입니다. 그러면 당신은 더 이상 도망가고 싶은 기분을 느낄 필요가 없습니다.

정정

정념은 정정을 가져옵니다. 마음을 집중하면 대상을 더 깊이 보고 더 많은 통찰을 지니게 됩니다. 깨어 있는 마음은 집중을 가져오고 집중은 다시 보다 윤리적으로 처신할 수 있는 방법에 대한 통찰을 가져옵니다. 정념과 정정은 실체의 본성을 깊이 들여다볼 수 있도록 해주며 차별하지 않기와 함께 존재함에 대한 통찰에 이르도록 도와줍니다. 우리가 세상에 기여할 수 있는 최고의 것은 통찰입니다. 깨어 있는 마음과 집중을 지니고 살아간다는 것은 자신의 자유와 치유, 성장을 위해 또 세상의 자유와 치유, 성장을 위해 계속해서 통찰을 얻는다는 뜻입니다.

흥미로운 일에 집중하라

집중이란 으레 무엇인가에 대한 집중이므로, 만일 그 대상이 흥미로운 것이라면 집중하기도 매우 수월합니다. 집중하기 위해 은둔하고 좌선할 필요는 없습니다. 당신은 언제라도 집중할 수 있고, 또 어떤 것도 흥미로운 대상이 될 수 있습니다. 과학자에게는 먼지 한 톨도 아주 흥미롭습니다. 그 속에 탐구할 거리가 무궁무진하기 때문입니다. 생물학자에게는 나뭇잎 한 장도 호기심의 대상이 될 수 있습니다. 그러니 우리의 흥미를 끄는 집중 대상을 찾아야 합니다.

무상

무상無相은 집중의 중요한 대상입니다. 모든 것은 무상합니다. 가령 남에게 상처만 주는 사람이라도 무상 덕분에 화를 좀 덜 내는 사람이 될 수 있는 괜찮은 상황을 만날 수도 있습니다. 우리가 처한 상황이 좋지 않을 수도 있지만 무상에 대한 깨달음 덕분에 우리는 좀 더 긍정적인 견해를 키울 수 있고 그러면 상황이 개선될 수 있습니다. 이것이 정정의 효과입니다.

잘못된 집중은 괴로움만 가져옵니다. 어떤 사람이 갈망의 대상을 획득하는 데 집중한다고 가정해보십시오. 그 대상이 권력, 돈, 명예, 섹스 혹은 사랑의 열병 같은 것일 경우 그의 마음은 그것들한테 끌려다니기 십상일 테고 그 결과 그는 자신과 남들에게 엄청난 괴로움을 안겨줄 것입니다.

깨달음에 이르는 길은 많다

불교에 대한 잘못된 인식 때문에 불교를 매우 비관적인 종교라고 생각하는 사람들이 있습니다. 불교의 가르침에 따르면 모든 것은 공空입니다. 그런데 이것을 오해한 나머지 공을 부정적인 것으로 여기는 사람들이 있습니다. 불교에서, 사람이 개별적인 존재로는 텅 비어 있다, 즉 공이라고 말하는 것은 사실입니다. 하지만 우리는 우주 전체로 가득 차 있습니다.

불교에는 통찰에 이르는 문이 많습니다. 아울러 깊이 보기 위한 수행과 집중에 도달하는 문도 많습니다. 가령 오로지 무상만 들여다보고 모든 것이 어떻게 변하는지 지각하는 사람들이 있습니다. 그들은 무상이라는 문만 사용하는데 그들에게는 그것이 깨달음으로 이어지는 문이라고 보는 게 옳을 겁니다. 한편 공을 보는 사람들이 있는데 그들 또한 깨달음을 얻을 수 있습니다. 그런가 하면 의존적인 상호 발생, 즉 연기緣起라는 문을 보는 사람들도 있습니다. 그들은 어떤 것이 밖으로 드러나기 위해서는 무수한 조건이 필요하다는 사실을 압니다. 그들은 불꽃을 보면서 그것이 일어나기 위해서는 성냥만이 아니라 산소, 성냥갑, 성냥 긋는 사람이 다 함께 있어야 한다는 사실을 압니다.

우리는 하나의 문을 깊이 들여다보면서 다른 모든 문을 봅니다. 깨달음에 이르는 길이 많다는 통찰은 우리가 한 수행의 결실이자 도덕과 윤리의 토대입니다. 우리가 수행할 수 있는 집중은 매우 다양합니다만, 단, 반드시 정정이어야 합니다. 정념과 정정이 없으면 통찰에 이를 수 없기 때문입니다.

고통을 벗어나는 길

불행의 본성을 깊이 들여다보면 거기에서 많은 긴장, 고통, 괴로움을 볼 수 있습니다. 우리는 우리 몸 안에, 우리가 맺는 관계와 우리 감정 안에 괴로움을 끌어안고 사는데, 그것이 우리가 살면서 어떻게 생각하고 행동하느냐에 영향을 미칩니다. 사람들은 그 긴장과 고통과 괴로움을 내보내기 위해 불교가 할 수 있는 일이 무엇이냐고 묻습니다. 팔정도를 따를 때 이런 괴로움이 완화된다는 사실을 불교가 상기시켜줄 수 있다는 것이 그 대답입니다.

올바른 수행의 길인 팔정도는 모든 사람을 위한 길입니다. 비구나 비구니, 불교 신자들만이 아니라 이 세상에 사는 모든 사람을 위한 길입니다. 우리는 매일매일의 삶을 깨어 있는 마음으로 깊이 살아야 합니다. 그래야 삼라만상에 깃든 함께 존재함의 본성을 볼 수 있습니다. 팔정도를 따르는 것은 우리에게 기쁨과 평안을 주며, 아울러 편협함과 독단주의, 특정 견해에 대한 집착과 차별, 폭력을 변화시키는 데 도움을 줍니다.

7

우리가 만드는 행복한 세상

깨어 있는 마음을 위한 다섯 가지 수련은, 세계적인 영성과 세계 윤리를 위한 불교의 비전을 보여줍니다. 이 수련은 사성제와 팔정도에 대한 부처님의 가르침을 구체적으로 표현한 것으로, 참된 이해와 진정한 사랑의 길이요, 우리 자신과 세상을 치유와 변화와 행복으로 인도하는 길입니다. 이 다섯 가지 수련을 수행하는 것은 곧 함께 존재함에 대한 통찰을 기르는 것입니다. 이것은 모든 차별과 편협함, 화, 두려움, 절망을 몰아낼 수 있는 정견입니다. 만일 우리가 이 다섯 가지 깨어 있는 마음 수련을 따라 산다면 우리는 이미 보살의 길을 걷고 있는 셈입니다. 자신이 그 길에 들어섰다는 것을 알면 우리는 지금 이 순간의 삶을 혼란스러워하지 않습니다. 또 과거에 몰두하거나 미래에 대한 두려움에 빠지는 일도 없습니다.

깨어 있는 마음을 수련할 때, 우리는 자신과 남에게 해로운 행동을 자제하겠노라고 맹세합니다. 살인, 도둑질, 부적절한 성적 행동을 저지르지 않고 경솔하게 함부로 말하지 않고 술을 끊겠다고 다짐합니다. 첫 번째 수련은 생명을

보호하고 자신과 가정과 사회에서 폭력을 줄이는 것입니다. 두 번째 수련은 사회 정의와 관용, 도둑질하지 않기, 다른 생명을 이기적으로 이용하지 않기입니다. 세 번째 수련은 개인, 부부, 가정, 자녀 들을 지키기 위해 책임 있는 성적 행동을 하는 것입니다. 네 번째 수련은 친밀한 관계를 회복하고 화해를 가져오기 위해 경청하기와 사랑이 담긴 말하기입니다. 다섯 번째 수련은 깨어 있는 마음으로 소비를 하는 것입니다. 우리 몸과 마음에 독소를 끌어들이지 않기, 폭력, 갈망, 미움 같은 독이 들어 있을지도 모르는 텔레비전 프로그램, 잡지, 영화 등을 보지 않기입니다. 깨어 있는 마음으로 하는 수행은 우리 자신과 가정, 우리 사회와 공동체를 지키는 수행입니다.

이들 수련은 팔정도의 이해에서 비롯된 것입니다. 괴로움의 뿌리는 사람들이 살생하는 것만이 아닙니다. 살생 행위는 우리가 잘못된 인식과 잘못된 견해를 지녔기 때문에 일어납니다. 만일 우리가 잘못된 견해를 지녔다면 이는 살생할 준비가 되어 있다는 말이나 같다고 할 수도 있습니다. 하지만 우리가 분

명하게 보고 정견을 가졌다면 우리에게는 살생할 능력도 바람도 없다고 하겠습니다. 정견이 있으면 우리가 죽이고 싶어 하는 것은 무엇이든 바로 우리 자신의 일부라는 것을 분명히 보게 됩니다. 그것은 우리 가족과 같아서 우리는 그것을 해칠 능력을 잃어버립니다.

다섯 가지 깨어 있는 마음 수련은 교리나 종교가 없습니다. 불교 신자가 되거나 어떤 전통이나 종교의 일원이 되는 일 없이 누구나 그것을 자신의 생활 윤리로 이용할 수 있습니다. 당신은 그냥 당신 자신이지만, 이 지침을 따름으로써 아름다운 삶을 가꾸려고 노력하는 셈입니다.

다섯 가지 깨어 있는 마음 수련은 계율이 아닙니다. 이것들은 외부의 신에게서 온 것이 아니라 우리 자신의 지혜와 통찰에서 나온 것입니다. 이들 수련에 담긴 통찰은 깨어 있는 마음과 집중을 수행한 결과입니다.

이들 수련은 우리가 꼭 해야 할 일이라기보다는 일종의 즐거움이라고 할 수

있습니다. 이는 우리가 지구를 덜 오염시키거나 지나친 육류 섭취를 자제할 경우, 우리가 그것 때문에 괴로워할 일이 없다는 생각이 드는 것과 비슷합니다. 사실 우리는 지구의 미래를 지켜주는 방식으로 소비하고 살 수 있음을 매우 다행스럽게 여깁니다. 깨어 있는 마음을 위한 다섯 가지 수련을 수행하면서, 이해심과 다정하고 친절한 태도, 자비심이 늘어났다고 느낀다면, 당신은 그 수행을 다른 사람과 나눌 수 있고, 이런 식으로 우리는 좀 더 나은 세상을 만들 수 있습니다.

마음 수행으로

좀더 나은
세상을 만듭니다

다섯 가지 깨어 있는 마음 수련

생명 존중

생명의 파괴가 괴로움을 초래한다는 것을 알기에 나는 함께 존재함과 자비에 대한 통찰을 키우고 사람과 동물, 식물, 광물의 생명을 보호하는 방법을 배우겠다고 다짐합니다. 나는 생각으로나 삶의 방식으로나 절대로 살생하지 않을 것이며, 다른 사람들의 살생 행위를 용납하지도 않고, 이 세상에서 일어나는 어떤 살생 행위도 지지하지 않겠다고 다짐합니다. 나는 그런 해로운 행동은 화, 두려움, 탐욕, 편협함에서 비롯되고 이런 것들은 다시 이분법적 사고, 차별적 사고방식에서 비롯된다는 것을 알고 있습니다. 따라서 나는 나의 내면과 세상에 존재하는 폭력, 광신적 행위, 독단적 태도를 변화시키기 위해 너그러움, 차별하지 않기, 견해에 집착하지 않기를 갈고 닦겠습니다.

너그러움

착취, 사회적 불평등, 도둑질, 탄압으로 인한 괴로움을 알기에 나는 생각하고 말하고 행동하는 데 있어 관용을 수행하겠다고 다짐합니다. 나는 다른 사람에게 속하는 것은 어떤 것도 도둑질하거나 소유하지 않겠다고 다짐합니다. 그리고 나의 시간과 에너지, 물질적 자원을 도움이 필요한 사람들과 함께 나누겠습니다. 또 다른 사람의 행복과 괴로움이 나 자신의 행복이나 괴로움과 별개가 아니고 이해와 자비 없이는 진정한 행복도 있을 수 없으며 부, 명예, 권력, 육체적 쾌락을 추구하는 것이 더 큰 괴로움과 절망을 초래할 수 있다는 것을 알기 위해 깊이 보기를 수행하겠습니다. 나는 행복이 외적 조건이 아니라 마음먹기에 달려 있음을 압니다. 아울러 이미 행복할 수 있는 조건이 차고 넘친다는 사실을 상기하는 것만으로도 지금 이 순간 행복하게 살 수 있다는 것도 압니다. 나는 지구상의 생명체의 괴로움을 덜어주고 지구 온난화의 진행을 되돌릴 수 있도록 정명을 수행하겠다고 다짐합니다.

진정한 사랑

부적절한 성적 행동에서 비롯된 괴로움을 알기에 나는 책임감을 키우고 개인, 부부, 가정, 사회의 안전과 고결함을 지키는 방법을 배우겠다고 다짐합니다. 성적 욕망은 사랑이 아니며, 갈망에서 비롯된 성적 행동은 나 자신만이 아니라 다른 사람에게도 해롭다는 것을 알기에 나는 진정한 사랑이 없거나 내 가족과 친구들도 알고 있는 깊고 오랜 사이가 아닐 경우에는 성관계를 맺지 않겠다고 다짐합니다. 나는 어린이들을 성적 학대에서 보호하고 부적절한 성적 행동으로 인해 부부와 가정이 깨지는 것을 막기 위해 내가 할 수 있는 모든 일을 다하겠습니다. 몸과 마음이 하나라는 것을 알기에 나는 내 성적 에너지를 보살피는 적절한 방법을 배우고 나 자신과 다른 사람들의 보다 큰 행복을 위해 다정하고 친절한 태도, 자비, 기쁨, 포용 정신을 키우겠다고 다짐합니다. 이 네 가지가 참된 사랑을 이루는 바탕이기 때문입니다. 진정한 사랑을 수행하는 가운데 우리의 존재는 미래로 아름답게 연속될 것입니다.

소통의 힘

나는 무심코 던진 말과 다른 사람의 말을 경청하지 못한 데에서 비롯된 괴로움을 압니다. 따라서 괴로움을 완화시키고 나 자신 안에, 다른 사람들 사이에, 인종적·종교적 집단 사이에, 국가 간에 평화와 화해가 함께할 수 있도록 사랑이 담긴 말을 하고 자비롭게 경청하는 능력을 키우겠다고 다짐합니다. 말 한마디로 행복과 고통이 갈릴 수 있음을 알기에 나는 신뢰와 기쁨, 희망을 불어넣는 말을 사용해 진실하게 말하겠다고 다짐합니다. 그리고 내 안에서 화가 치밀 때에는 아무 말도 하지 않겠다고 다짐합니다. 대신 그 화를 인식하고 깊이 볼 수 있도록 깨어 있는 마음으로 호흡하기를 수행하겠습니다. 나는 화의 뿌리가 나의 잘못된 인식 및 나 자신과 다른 사람들의 괴로움을 이해하지 못한 데에서 비롯될 수 있다는 것을 압니다. 나는 나 자신과 다른 사람들이 괴로움을 변화시키고 어려운 상황에서 벗어날 수 있도록 도울 수 있는 방식으로 말하고 듣겠습니다. 또 내가 제대로 알지 못하는 소문을 퍼뜨리지 않고 분열과 불화를 초래할 수 있는 말을 입 밖에 내지 않겠다고 다짐합니다. 아울러 이해, 사랑, 기쁨, 포용의 능력을 키우고, 내 의식 밑바닥에 자리 잡고 있는 화, 폭력, 두려움을 차츰차츰 변화시킬 수 있도록 정근을 수행하겠습니다.

자양분과 치유

부주의한 소비 때문에 괴로움이 발생한다는 사실을 알기에 나는 나 자신과 내 가족, 내가 속한 사회를 위해 몸과 마음을 건강하게 지켜나가겠다고 다짐합니다. 이를 위해 깨어 있는 마음으로 먹고 마시고 소비하겠습니다. 또 내가 네 가지 자양분, 즉 음식, 감각적 인상, 의지, 의식을 어떻게 소비하는지 알기 위해 깊이 들여다보기를 수행하겠습니다. 아울러 도박을 하거나 술, 마약을 입에 대지 않을 것이며, 해로운 내용이 포함된 것이라면 웹사이트, 전자 게임, 텔레비전 프로그램, 잡지, 책, 대화 등 그 어떤 것도 소비하지 않겠다고 다짐합니다. 나는 내 안팎에 존재하는, 심신을 재충전하고 치유하며 자양분을 주는 요소들에 접촉할 수 있도록 지금 이 순간으로 돌아오는 수행을 하겠습니다. 후회와 슬픔이 나를 도로 과거로 끌고 가거나 불안, 두려움, 갈망이 나를 지금 이 순간에서 끌어내도록 가만히 있지 않겠습니다. 나는 소비에 탐닉하는 것으로 외로움, 걱정 또는 기타 괴로움을 은폐하려 하지 않겠다고 다짐합니다. 나는 함께 존재함에 대해 명상할 것이며 평화, 기쁨, 행복을 지키는 방식으로 소비하겠습니다. 내 몸과 내 의식만이 아니라 내 가족과 사회, 지구라는 공동체와 그것들의 공동 의식을 위해서도 그러하겠습니다.

수련은 수행에서 나온다

다섯 가지 깨어 있는 마음 수련을 연구하고 수행해보면 이 다섯 가지 수련이 명상의 결과라는 사실을 깨닫게 됩니다. 이 수련은 깨어 있는 마음과 집중에서 생겨나고 통찰을 나타냅니다. 우리는 날마다 열린 마음과 기쁜 마음으로 이것들을 수행할 필요가 있습니다.

우리는 광신적 행위와 편협한 마음, 잘못된 사고로 말미암아 세계 도처에서 살생이 일어나고 있다는 것을 압니다. 그런데 단지 살생이 나쁘다고만 말하는 것은 문제 해결에 별로 도움이 되지 않습니다. 하지만 우리가, 살생하고자 하는 사람을 도와줄 방법을 알고 그 사람이 함께 존재함에 대한 통찰을 갖고 광신적 행위와 편협함을 버릴 수 있도록 도와줄 수 있다면, 그 사람은 자연히 더 이상 남을 해치고 싶다는 마음이 들지 않을 것입니다.

첫 번째 깨어 있는 마음 수련

생명 존중

사람들이 서로 죽이는 이유는 함께 존재함에 대한 통찰이 없기 때문입니다. 그들은 자기가 죽이는 사람이 바로 자기 자신이라는 사실을 알지 못합니다. 그러니 단순히 살인하지 말라고 충고하는 것만으로는 충분하지 않을 수도 있습니다. 사람들에게 그러면 안 된다는 인식을 불어넣어야 합니다. 또 다른 사람을 죽이는 것이 곧 자기 자신을 죽이는 것이라는 사실을 이해하도록 도와줘야 합니다. 만일 우리에게 함께 존재함에 대한 통찰이 있다면 누군가를 죽이는 것이 곧 우리 자신을 죽이는 행위라는 것도 알게 됩니다. 절대로 살생하지 않고 언제나 생명을 보호하기 위한, 첫 번째 깨어 있는 마음 수련은 단순히 바람직한 행동으로 권장하는 계율에 그쳐서는 안 됩니다. 우리는 왜 살생하면 안 되는지 이해해야 합니다. 만일 우리가 함께 존재함에 대한 통찰에 접하고, 주체와 객체가 서로 분리되어 있다는 이중적 파악에서 자유로운 사람이라면, 우리는 다른 사람을 죽이는 것이 곧 우리 자신을 죽이는 일임을 분명히 알게 됩니다.

온갖 견해에서 자유롭고 함께 존재하는 삼라만상의 본성을 이해하는 사람이라면 절대로 살생하고 싶다는 바람을 갖지 않을 것입니다. 첫 번째 깨어 있는 마음 수련은 우리의 자비심을 키워줍니다. 자비는 우리에게 유익할 뿐만 아니라 우리를 행복하게 해줍니다. 자비심 없이는 세상이나 다른 생명체와 관계를 맺을 수도 없고 의사소통도 불가능합니다. 이러한 이유 때문에 자비심을 키우는 것이 매우 중요합니다. 자비는 우리 자신과 세상에 행복을 가져다줄 것입니다. 자비는 수련입니다. 우리는 날이면 날마다 자비심을 키워나갈 수 있도록 스스로 훈련해야 합니다.

베트남 전쟁 기간 중 사람들은 거의 절망 상태에 빠졌습니다. 전쟁이 끝날 기미를 보이지 않은 채 질질 끌자 밤낮을 가리지 않고 사람들이 죽었고 폭탄과 화학 무기로 베트남 전역이 파괴되었습니다. 그러자 젊은이들이 내게 물었습니다.

"전쟁이 곧 끝날 가망이라도 있나요?"

당시 우리에게는 아무 희망도 보이지 않았습니다. 전쟁이 오랫동안 한도 끝도 없이 이어졌기 때문에 우리는 거의 절망 상태였습니다. 따라서 사람들이 당신에게 그런 질문을 하면 당신은 여러 번 숨을 들이쉬고 내쉴 필요가 있습니다. 아무튼 나는 여러 차례 심호흡을 한 다음 젊은이들에게 말했습니다.

"부처님께서는 모든 것이 다 무상하다고 말씀하셨네. 전쟁 또한 무상한 것이지. 그러니 언젠가는 끝날 수밖에 없다네."

그런데 문제가 있습니다. 우리는 전쟁을 종식시키는 데 도움이 될 만한 일을 조금이라도 하고 있나요? 만일 우리가 절망이나 분노에 휩쓸리면 그럴 수 없습니다. 그러기는커녕 오히려 전쟁을 더 부추기거나 격렬하게 만들거나 더 오래 끌게 할 수도 있습니다. 따라서 우리가 평화를 위해 무언가를 할 수 있는지, 또 평화를 위해 중요한 존재가 될 수 있는지가 문제입니다.

당신이 자비롭고 다정하고 친절하고 이해심이 많다면, 그것이 바로 평화입니다. 당신이 남녀노소를 가리지 않고 전쟁 희생자의 고통이 완화되도록 도와주거나 피란민 아동들에게 음식을 제공하는 일이 바로 고통스러운 상황에서 벗어나도록 도와주는 행동입니다. 그러므로 어려운 상황에서 평화를 실천하는 방법을 찾는 것이 무척 중요합니다. 설령 극히 제한적으로밖에 할 수 없다 하더라도 그렇게 하는 것이 당신이 살아남는 데 도움이 될 것입니다. 그 덕분에 당신도 희망을 키워나갈 수 있을 테니까요. 따라서 자기 자신을 절망에 휩쓸리지 않도록 하는 것이 매우 중요합니다. 우리는 몸과 마음에 평화를 가져오는 방법을 배워야 합니다. 그래야만 일상 생활 속에서 자비로운 생각과 자비로운 말과 자비로운 행동을 할 수 있습니다. 그것은 수많은 사람들에게 용기를 불어넣어주고 그들이 절망의 바다에 빠지지 않도록 도와줄 것입니다. 우리의 생각과 행동이 첫 번째 깨어 있는 마음 수련이 가능함을 보여줍니다. 우리 안에 평화가 있으면, 다시 말해 우리가 생각하고 말하고 행동하는 방식이 평화로우면 우리는 사람들에게 바람직한 영향을 미쳐서 그들이 우리와 같은 방향으로 나아가도록 격려할 수 있습니다. 또 차츰차츰 상황을 개선해나갈 수 있습니다.

두 번째 깨어 있는 마음수련

너그러움

두 번째 수련은 너그럽기, 도둑질하지 않기, 환경 파괴하지 않기, 탐욕스럽게 굴지 않기, 최소한의 조건으로 행복을 누릴 능력 갖추기에 대한 수련입니다. 이것은 매우 중요한 수련입니다. 이 두 번째 수련을 하면서 우리는 진정한 행복에 대해 생각해야 합니다. 사람들이 근면을 제대로 수행하지 못하는 까닭은 그들의 욕구가 지나치게 많기 때문입니다. 그런데 욕구가 너무 많으면 자신의 삶을 살고, 사랑하고, 치유와 변화를 경험할 시간이 없습니다. 욕망의 불길로 자신을 태워버리기 때문입니다. 이것은 지나치게 일에 몰두하는 사업가들에게 깨어 있는 마음을 위한 경종이 되어야 합니다. 이 세상에는 그런 사람들이 많습니다. 그들은 막강한 힘을 가진 인사들이고 사업에서도 매우 성공했겠지만, 자신의 삶을 제대로 누리지 못한 채 괴로움에 시달립니다. 또한 정근의 네 단계를 수행할 시간도 없습니다. 잘못된 근면에 사로잡힌 채 일하느라 자신을 완전히 소모하고 있기 때문입니다.

가난하다고 해서 무력하다고는 생각하지 마십시오. 부와 권력을 갖춘 사람들이 외로움 때문에 몹시 괴로워하다가 자살하는 경우도 많습니다. 그들도 괴로움을 겪고 있으므로 우리의 자비를 받아 마땅합니다. 그런데 남에게 자비를 베풀기 위해서는 먼저 자신에게 자비를 베풀어야 합니다. 우리는 우리 안팎에 존재하는 괴로움을 이해하기 위해 깊이 들여다봄으로써 자비심을 키워나갑니다.

사람들을 돕기 위해 굳이 부자일 필요는 없습니다. 사실은 너무 부자일 경우, 오히려 남을 도울 수 없습니다. 부유한 사람들은 계속 부유하기를 원합니다. 그 결과 자신의 시간과 에너지를 부를 유지하는 데 바칩니다. 심지어 자기 자신과 가족을 돌볼 시간도 없습니다. 그러니 그들이 어떻게 남을 도울 수 있겠습니까? 영적인 삶을 위해서는 부자란 별로 좋은 조건이 아닙니다. 소박하게 살면서 행복을 누리는 것은 가능한 일입니다. 당신이 스스로를 보살로 변화시킬 때, 당신에게 많은 능력이 생깁니다. 명예나 돈과 관련된 능력이 아니라 스스로를 자유롭게 만들고 다른 많은 사람들에게 위안을 가져다줄 수 있는 능력이지요.

세 번째 깨어 있는 마음 수련

진정한 사랑

만일 진실로 누군가를 사랑한다면 우리는 부적절한 성적 행동에서 자신과 상대방을 보호하려고 노력할 것입니다. 부적절한 성적 행동은 대개 폭력, 두려움, 분노에서 비롯됩니다. 그것은 섹스나 사랑과는 아무 상관 없습니다. 만일 진정한 사랑과 이해가 있다면 분노와 폭력은 줄어들고 두려움에서 비롯된 행동도 하지 않게 됩니다.

우리 안에는 분노, 폭력, 갈망의 에너지를 비롯해 다양한 에너지가 있습니다. 그런데 자비 또한 아주 막강한 에너지입니다. 당신이 자비의 에너지를 받아들인다면 당신은 하루 스물네 시간을 온통 사람들에게 유익한 일을 하면서 보낼 수 있습니다.

모든 사람에게는 성적 에너지가 있습니다. 우리가 먹고 놀고 시간을 보내는 방식이야말로 성적 에너지를 다루는 방식과 밀접한 관계가 있습니다. 또 봉사하고 여가 시간을 보내고 다른 사람들과 함께 있을 때 시간을 보내는 방식도 그것과 깊은 관계가 있습니다. 이것은 일종의 기술입니다. 우리는 성적 에너지를 비롯해 우리 안의 에너지를 억압하지 않아야 합니다. 대신 현명하게 이 에너지를 다룰 수 있도록 노력해야 합니다. 세상에는 긍정적인 에너지가 있는가 하면 사람을 혼란스럽게 하는 에너지도 있습니다. 깨어 있는 마음, 집중 그리고 다른 수행자들과 함께 보내는 시간이 우리에게 엄청난 도움이 될 수 있습니다. 우리는 자신의 에너지를 향해 미소를 지으면서 우리에게 그것을 다룰 능력이 있음을 알아야 합니다.

"사랑하는 나의 에너지여, 나는 그대가 거기 있음을 안다네. 나도 그대를 위해 여기에 있지. 나는 그대를 어떻게 돕고 어떻게 돌봐야 할지 배울 작정이라네. 우리 함께 행복할 수 있나니. 그대 또한 나를 도울 수 있다네. 그대는 에너지인즉, 바람이 전기로 변화될 수 있는 것처럼 어떤 에너지를 다른 에너지로 변화시키는 건 가능한 일이라네."

따라서 성적 에너지도 자비의 에너지와 자비로운 행동으로 바뀔 수 있습니다. 그것을 어떻게 변화시키는지만 배우면 되는데 승가라는 공동체를 통해 배우는 일이 가능합니다. 우리가 먹고 마시고 여가 시간을 보내는 방식, 또 함께 일하는 방식, 봉사하는 방식이 우리의 성공을 결정지을 것입니다.

괴로움과 학대

만일 당신이 성적 학대를 겪은 적이 있다면, 그 고통을 벗어나는 최선의 방법은 보살이 되는 것입니다. 당신은 개인, 부부, 가정, 어린이 들을 성적 학대에서 보호하겠다고 맹세합니다. 또 사람들을 보호하기 위해 최선을 다합니다. 당신 안에 보살의 에너지가 있다면, 성적 학대의 희생양이었다는 고통은 서서히 사라질 것입니다.

베트남 전쟁 중에 자기 소대원 전체가 무참하게 살해된 미국 병사가 있었습니다. 그는 베트콩 마을 주민들을 저주하면서 그에 대한 복수로 샌드위치 안에 폭약을 넣어서 마을 입구에 놓아두었습니다. 주민들이 그걸 발견하고 먹으라는 거였지요. 그런데 정작 샌드위치를 발견하고 먹은 사람들은 마을 어린이들이었습니다. 아이들은 곧 비명을 지르고 신음하면서 배를 움켜쥔 채 땅바닥을 데굴데굴 구르며 몸부림을 쳤습니다. 부모들이 손을 쓰려고 달려왔습니다. 하지만 병사는 어린이들을 구할 방법이 어디에도 없다는 것을 알고 있었습니다. 전쟁이 끝나고 수십 년이 흐른 뒤에도 그는 어린이들과 한방에 있지 못했습니다. 그가 있는 방에 어린이가 들어오면 그는 밖으로 뛰쳐나가야만 했습니다. 그런 그가 퇴역군인을 위한 명상 수련에 참가하기 위해 플럼 빌리지에 왔습니다. 그가 자신의 이야기를 꺼내기까지 여러 날이 걸렸습니다. 나는 그에게 말했습니다.

"그래요, 당신은 다섯 명의 아이를 죽였어요. 그런데 지금 이 순간에도 영양실조와 의약품 부족으로 고통 속에서 죽어가는 아이들이 많아요. 당신은 지금 당장이라도 수없이 많은 아이들을 구할 수 있답니다."

그는 어린이들을 구하는 일을 하겠다고 굳게 맹세했고 그 순간부터 그의 죄책감과 괴로움도 서서히 사라지기 시작했습니다.

당신은 성적 학대의 희생자라는 괴로움을 영원히 끌어안고 살면 안 됩니다. 당신이 보살이 되겠다고 굳게 맹세하면 당신은 어떻게 해서라도 어린이들과 사람들을 보호할 수 있는 방법을 찾게 됩니다. 당신이 한 맹세의 에너지가 당신 마음속의 괴로움을 녹이고 그러면 당신은 자유로워질 것입니다. 맹세와 염원은 당신에게 커다란 치유와 변화의 에너지를 제공합니다.

소통의 힘

플럼 빌리지에서 팔레스타인과 이스라엘 사람들을 위한 수련을 진행하는 동안 두 그룹은 처음부터 서로를 의심하고 서로를 바라보는 데 문제가 많았습니다. 그동안 양쪽 다 많은 고통에 시달려왔는데, 자신의 고통을 서로 상대방 탓으로 돌립니다. 우리는 양쪽 그룹에게 서로 떨어져서 수행할 수 있는 시간을 많이 주었습니다. 또 경청하기와 사랑이 담긴 말하기 수행을 하는 데 온갖 지원을 아끼지 않습니다.

마침내 자신들의 괴로움과 고통을 함께 나누기 위해 두 그룹이 하나로 모였을 때, 한쪽은 사랑이 담긴 말하기를 구사하고 다른 쪽은 방해하지 않고 자비롭게 경청하기를 실천합니다. 결과는 깜짝 놀랄 정도입니다. 경청하는 동안 당신은 상대편 사람들도 당신과 아주 똑같은 식으로 괴로움을 겪어 왔다는 사실을 깨닫게 됩니다. 그때까지는 당신만 그런 고통을 겪었다고 생각했을 것입니다. 하지만 이제 당신은 상대방도 두려움, 분노, 의심, 고통 등 자신과 똑같은 괴로움에 시달려왔다는 사실을 알게 됩니다. 그러면서 당신은 그들을 당신과 같은 인간으로 보기 시작합니다. 우리가 상대방을 그들 역시 괴로움을 겪는 인간이라고 보기 시작하면, 응징하겠다는 마음은 더 이상 남아 있지 않게 마련입니다. 대신 그들을 자비의 눈으로 보기 시작합니다. 심지어 그들의 괴로움을 덜어주고 싶다는 소망까지 갖게 될지도 모릅니다. 이것이 바로 자비롭게 경청하기를 수행하는 동안 당신이 경험하는 변화입니다.

이제 상대방을 볼 때도 당신은 전보다 훨씬 덜 괴롭습니다. 그들 내면의 괴로움을 보고 그들을 당신과 같은 인간으로 볼 수 있게 되었기 때문입니다. 그들도 당신의 눈을 보면서 당신이 더 이상 의심, 두려움, 분노가 아니라 사랑의 눈길로 자신들을 보고 있다고 느낍니다. 그러자 양쪽에서 변화가 일어납니다. 당신도 어쩌면 다음 주쯤에 말할 기회를 가질 것입니다. 그러면 당신도 그들에게 당신의 괴로움에 대해 말할 테고 그들은 당신의 말에 귀를 기울일 것입니다. 자비롭게 경청하기와 사랑이 담긴 말하기 수행은 우리를 두려움과 분노, 미움에서 벗어나게 하는 데 매우 중요합니다. 이것은 소통을 회복시키는 힘을 가지고 있습니다.

우선, 우리는 상대방이 잘못된 인식을 많이 가지고 있다는 사실을 알아차릴 수도 있습니다. 그동안 그들이 너무 많은 괴로움을 겪었기 때문입니다. 그들의 말투가 여전히 다소 신랄하고 비난조인 것도 이 때문입니다. 하지만 우리는 자비롭게 깨어 있는 마음을 갖는 수행을 하고 있기 때문에 그들의 말을 방해하지 않고 그들이 덜 괴로워하도록 터놓고 말하게 합니다. 그 결과 우리는 그들도 수많은 고통에 시달리는 사람들이라는 사실을 깨닫게 됩니다. 더 이상 상대를 응징하고 싶은 마음이 들지 않습니다. 대신 그들을 돕고 싶어집니다. 더 이상 우리에게서 그들에게 괴로움을 안겨주고자 하는 의도를 찾아볼 수 없습니다. 한편 우리에게도 그들을 껄끄럽게 여기는 두려움과 의심이 남아 있습니다. 만일 배우자나 부모, 가족 구성원 들과의 관계에 어려움이 있을 경우, 자비롭게 경청하기와 사랑이 담긴 말하기를 수행함으로써 소통을 회복하고 화해하는 것이 가능합니다. 이는 심지어 우리와 우리 가족에게 상처를 주는 집단과의 관계에서도 가능합니다.

다섯 번째 깨어 있는 마음수련

자양분과 치유

당신이 다섯 번째 수련을 하면서 술과 마약을 끊었다고 가정해보십시오. 하지만 당신은 아직 술과 마약에 대한 미련을 버리지 못해 괴롭습니다. 당신은 지침과 가르침을 따르고 있지만 실제로는 그 가치를 잘 모릅니다. 그것이 통찰에서 비롯되고 영적 차원의 일이라는 것도 모릅니다. 술과 마약을 자제하는 것이 건강에 좋다는 것을 알기에 그렇게 하지만 사실 당신은 괴롭습니다. 하지만 만일 당신이 수련의 심오한 의미와 그것이 가져올 이로움을 이해한다면 당신은 술과 마약을 끊은 것을 몹시 기뻐할 것입니다.

그것은 채식주의자가 되는 것과 비슷합니다. 동물이나 환경에 해를 끼치지 않는 것이 얼마나 기분 좋은 일인지 경험하고 나면 당신은 채식을 하는 것이 행복합니다. 그러면 육식을 하지 못한다고 해서 고통스럽지도 않습니다. 대신 당신이 다른 생명체에게 고통을 야기하지 않는 방식으로 먹을 수 있다는 사실을 행운으로 여깁니다. 당신이 먹는 방식에는 기쁨이 있고 통찰이 있으며, 자비와 영성이 있습니다. 음식을 먹는 행위가 매우 영적인 일이 됩니다.

윤리적인 것과 영적인 것을 나누는 경계는 없습니다. 그들은 하나입니다. 이것이 바로 세계 윤리의 핵심 요소로 행복과 기쁨을 강조하는 이유입니다. 우리는 다섯 가지 깨어 있는 마음 수련이 우리의 행복을 증진시킨다는 것을 알기에 그것을 수행합니다. 사성제에 대한 통찰이 우리의 괴로움을 덜어줍니다. 그리고 우리 자신의 괴로움과 세상의 괴로움 사이에는 아무 차이도 없습니다. 우리는 함께 존재함과 차별하지 않기에 대한 통찰을 따르기 때문에 윤리적으로 행동합니다. 이 통찰이 우리로 하여금 우리 자신과 세상에 행복을 가져오는 방식으로 생각하고 말하고 행동하게 합니다. 우리는 그렇게 해야 한다고 생각하거나 배웠기 때문이 아니라, 우리 스스로 행한 통찰의 결과로 그렇게 행동합니다. 그리고 그와 같은 행동은 우리 자신과 세상에 더 많은 행복을 가져옵니다.

8

혼자가 아니라 함께

혼자서 변화를 이루기는 어렵습니다. 영적 수행의 길을 함께 걸어가는 사람들의 공동체인 승가에는 강력한 집단 에너지가 있습니다. 깨어 있는 마음과 집중의 에너지이지요. 이 집단 에너지는 우리의 통찰에 불을 붙임으로써 우리가 획기적으로 성장하는 데 도움을 줄 수 있습니다. 우리는 세상에 부처님의 길을 전하기를 소망합니다. 어느 종파에도 속하지 않는 말을 사용해 전 세계 사람들과 부처님의 지혜를 나눌 수 있기를 바랍니다. 함께 걷고 좌선하고 호흡하고 먹는 수행, 심지어 이를 닦는 수행까지도 우리에겐 매우 중요합니다. 이 집단적 수행이 우리 성공의 토대입니다.

우리는 과거에 매달려 그때의 고통과 슬픔에 얽매이지 않도록 서로 도와줄

수 있습니다. 우리 공동체는 피난처가 될 수 있습니다. 승가와 더불어 수행하는 것이 혼자 하는 것보다 훨씬 수월합니다. 승가의 집단 에너지가 우리가 더 빨리 변화할 수 있도록 도와줍니다. 이따금 무언가에 넋을 빼앗길 수도 있습니다만 집단적 수행 덕분에 안정을 되찾을 수 있습니다. 설령 우리가 잠시 미혹되었더라도 승가가 우리에게 지금 이 순간으로 돌아오는 걸 상기하도록 도와줍니다. 또 긍정적인 것과 접하고 우리 자신의 평화와 접하고 어떻게 어려움을 풀어나갈지 알 수 있도록 도와줄 수도 있습니다.

공동체와 더불어

평화를 만듭니다

사랑의 공동체

승가에 든다고 해서 불교 신자가 될 필요는 없습니다. 어찌 보면 불교는 비불교적인 요소들로 이루어져 있습니다. 1966년 시카고에서 마틴 루서 킹 목사를 만나 공동체 설립 문제에 대해 이야기를 나누었습니다. 우리는 기자회견을 하기 전에 만나서 함께 차를 마셨는데, 그 기자회견에서 킹 목사는 베트남 전쟁에 대한 반대 의사를 표명했습니다. 나는 그의 인권활동이 베트남에서 살상 행위를 중지하고 그 땅에 평화를 가져오게 하려는 우리의 노력과 정확히 일치한다고 언론에 말했습니다. 아울러 서로 지지한다고 선언했습니다.

그 당시에는 마틴 루서 킹 목사도 나도 젊었습니다. 우리는 여러 차례에 걸쳐 사랑의 공동체에 대한 이야기를 나누었습니다. 공동체 없이는 아무것도 할 수 없는데 그 사랑의 공동체가 바로 승가입니다. 부처님도 승가 없이는 아무것도 하실 수 없었습니다. 부처님께서 깨달음을 얻은 후, 과거에 함께 수행했던 다섯 명의 도반을 찾아 바라나시 근처의 녹야원으로 가신 이유도 바로 그 때문입니다. 결국 부처님은 녹야원에서 여섯 명으로 구성된 승가를 세우셨습니다. 그 승가는 60명으로 커졌고 이어 900명이 되었다가 단 1년 만에 1,250명의 스님들을 거느리게 되었습니다.

내가 마틴 루서 킹 목사를 마지막으로 만난 것은 그가 암살되기 불과 몇 달 전 스위스 제네바에서였습니다. 우리 둘 다 '지상의 평화'라는 평화회의 참석 차 그곳에 와 있었습니다. 그는 아침식사를 함께하자고 호텔 11층에 있는 자신의 숙소로 나를 초대했습니다. 나는 기자들에게 붙잡히는 바람에 약속 시간보다 늦었습니다. 이윽고 그의 방에 도착해보니 그는 음식이 식지 않도록 애를 쓰며 그때까지 나를 기다리고 있었습니다.

뉴욕에서 독감을 앓던 중, 그가 총탄을 맞고 쓰러졌다는 소식을 듣고 깊은 절망에 빠졌습니다.

이제 그 시절을 돌아보며 나는 그때 우리가 뿌린 씨앗이 죽지 않았음을 압니다. 그것들은 싹이 나서 자라기 시작했습니다. 그가 승가라는 뜻으로 사용했던 표현인, 사랑의 공동체가 있으니까요. 비록 같은 이름은 아닐지라도 누구나 그것이 곧 승가라는 걸 알 수 있습니다.

미국 대통령이 기업과 군사 전문가를 비롯해 많은 참모진들에게 둘러싸여 있다고 상상해보십시오. 대통령은 정치인입니다. 과연 승가는 대통령이 자신을 지키고 돕고 지지할 만큼 충분히 강하고, 또 지금 충분히 존재하고 있을까요? 이것은 내가 스스로에게 던진 질문입니다. 우리는 대통령과 다른 정치 지도자들에게 승가가 그들을 지지하면서 존재한다는 사실을 보여줄 수 있도록 무언가를 해야 합니다.

부처님이 프라세나지트 왕을 마지막으로 만난 것은 코살라 북부에서였습니다. 그 만남에서 왕이 부처님께 말했습니다. "부처님, 저는 당신의 승가를 볼 때마다 더욱더 당신을 신뢰하게 됩니다." 승가는 부처님의 작품이었는데, 만일 승가가 없었더라면 부처님도 당신의 꿈을 실현할 수 없으셨을 겁니다. 마틴 루서 킹 목사와 마찬가지로 부처님도 세상을 괴로움에서 해방시키려는 꿈을 지니셨습니다. 고귀한 꿈이지요. 우리도 모두 세상의 괴로움을 없애도록 도와주는 일을 할 수 있습니다. 그러나 혼자서 할 수 있는 사람은 아무도 없습니다.

함께 수행하기

승가에는 많은 이웃에게 행복을 선물하는 사람들이 있습니다. 요리를 아주 잘하는 스님과 불자들이 있고 빵을 기가 막히게 만드는 사람들도 있습니다. 또 정원을 근사하게 가꾸는 사람들도 있고 영양가 많은 유기농 채소를 깨끗하게 재배하는 사람들도 있습니다. 매우 기발하고 멋진 방법으로 축제를 준비하는 사람들도 있지요. 한편 이런 재능을 지니지는 못했지만 좌선할 때 매우 행복해하는 사람들도 있습니다. 이들은 걸을 때에도 행복해하는데 이것이 주변 사람들에게 행복을 가져옵니다. 이와 같은 사람들은 승가에 아주 커다란 도움이 됩니다.

모두들 자기 나름대로 공헌합니다. 당신은 다른 사람들과 똑같을 필요가 없습니다. 이것은 당신이 당신 가정이나 좀 더 큰 규모의 사랑의 공동체를 승가로 생각할 때에도 마찬가지입니다. 사람들은 모두 제각기 다른 능력을 가지고 있습니다. 누구는 승가의 눈이 되고 누구는 승가의 귀가 되어야 합니다. 또 누구는 승가의 발이 되고 누구는 손이 되어야 합니다. 그러니 다른 사람들과 같을 필요는 없습니다. 그냥 자기 자신이면 됩니다. 자기 자신으로서 나름대로 공헌하면 됩니다. 당신은 완벽하게 건강한 몸과 아무 근심 걱정 없는 완벽한 마음을 갖출 필요도 없습니다. 당신의 몸과 마음은 여전히 모종의 고통을 겪고 있을 수 있습니다. 그래도 수행 덕분에 당신은 당신 자신과 승가 그리고 세상을 풍요롭게 하는 기쁨, 평화, 이해를 더 많이 만들어낼 수 있습니다.

21세기라는 산

21세기는 산과 같습니다. 우리는 승가로서 21세기라는 산을 오르고 있습니다. 우리가 즐거운 마음으로 한 걸음 한 걸음 내디디며 쉬지 않고 멋지게 올라간다면 정상에 올라 아래를 내려다보았을 때 매우 환상적인 장면을 볼 수 있을 것입니다. 모든 것은 우리가 이 세기를 어떻게 올라가느냐에 달려 있습니다. 한 걸음 한 걸음이 다 사랑이어야 합니다. 한 걸음 한 걸음이 다 용서여야 합니다. 한 걸음 한 걸음이 다 치유고 변화여야 합니다. 그렇게 걷다 보면 모든 발걸음이 다 평화와 행복, 보편적 인간성에 대한 깨달음을 가져다줄 것입니다. 우리는 이렇게 말고는 다른 어떤 방식으로도 걷고 싶지 않습니다. 말하자면 모든 걸음이 다 치유가 되고 자양분이 되고 변화를 가져오는 방식으로 걷기를 원합니다.

우리는 앉을 때마다 세상에 이로움을 줄 수 있는 방식으로 앉습니다. 또 앉아 있는 동안 흔들림이 없고 편안하고 고요하고 행복합니다. 우리는 활활 타고 있는 석탄 더미가 아니라 연꽃 위에 앉아 있는 것처럼 앉습니다. 우리는 아침을 먹을 때에도 평화, 기쁨, 자유를 느낄 수 있는 방식으로, 삶을 가능하게 하는 방식으로 식사를 합니다. 우리가 진실로 지금 이 순간에 존재할 때 우리 안팎에 있는 모든 삶의 경이를 누릴 수 있기 때문입니다.

아침식사를 하는 것도 심오한 수행입니다. 당신은 항상 자신과 가족과 공동체를 위해 거기에 있습니다. 당신은 과거나 미래에 휩쓸리지 않은 채 정말로 아침을 먹기 위해 거기에 있습니다. 당신은 아침밥을 찾아 먹을 수 있고 아침밥은 당신을 찾아 먹을 수 있도록 합니다. 당신은 승가에 쓸모가 있고, 승가는 언제나 지금 이 순간에 존재하면서 거기에서 당신에게 쓸모가 있습니다. 부처님은 과거는 이미 흘러갔고 미래는 아직 오지 않았다고 말씀하셨습니다. 따라서 우리가 진정으로 살아 있을 수 있는 시간은 단 한 순간뿐이니 바로 지금 이 순간이라고 하셨습니다. 그러므로 우리의 다짐과 수행도 항상 이 순간에 머무르는 것이어야 합니다. 지금 이 순간이야말로 치유와 변화로 들어가는 문입니다.

모두 함께 세상을 만든다

전 세계 도처에서 발생하는 고통스러운 소식을 들으면 돕고 싶은 마음이 듭니다. 문제는 우리가 너무 바쁘다는 것입니다. 우리에게는 국내외를 막론하고 다른 사람들을 위해 쓸 시간도, 에너지도 전혀 없습니다. 그것이 가장 큰 장애입니다. 많은 사람들이 자신이나 가족을 위해 쓸 시간도 충분하지 않다고 생각합니다. 그러니 어떻게 다른 나라 사람들을 위해 도움의 손길을 내밀 수 있겠습니까? 자유와 독립을 위해 투쟁하며 혼자 버려졌다고 느끼는 사람들을 어떻게 도와줄 수 있겠습니까? 선의도, 기꺼이 돕겠다는 마음도 있습니다. 하지만 도와줄 방법이 없다고 생각하는 사람들이 많습니다.

우리는 지나치게 바쁜 생활에서 자신을 해방시켜야 합니다. 우리는 남을 돕고 싶어 하면서도 너무 바쁘게 돌아다니다 보니 도저히 다른 일을 할 시간이 없다고 느낍니다. 승가로서, 우리는 세상을 치유하는 것을 우선순위에 놓도록 서로 도와줄 수 있습니다. 또 한층 더 친밀하고 유익한 방식으로 함께 있기 위해 우리의 개인적·집단적 삶을 인지할 수 있습니다.

21세기가 영성을 갖춘 세기가 되느냐 마느냐는 승가를 세우는 우리 능력에 달려 있습니다. 승가가 없으면 우리는 절망의 희생양이 될 것입니다. 우리는 서로를 필요로 합니다. 우리는 함께 모여 우리의 지혜와 통찰과 자비를 모으고, 승가를 가족처럼 만들 필요가 있습니다. 아울러 오로지 개인적 욕구에만 매달리는 행동을 내려놓고 이 지구를 우리의 진정한 집으로, 우리 모두를 위한 집으로 보아야 합니다. 지금이야말로 모든 국가로 이루어진 승가를 세워야 할 때입니다. 우리는 우리가 처한 상황을 깊이 들여다볼 수 있도록 모든 이를 초대합니다. 또한 전하고 싶은 말을 솔직하게 털어놓고 전파할 수 있도록 모든 이를 초대합니다. 만일 승가를 만드는 이런 임무가 실패한다면 21세기에 겪어야 할 고통은 상상을 초월할 것입니다.

한 걸음

역사상 위험하고 중요한 이 순간, 우리는 부처님과 예수님과 무함마드와 모든 영적 조상들의 가르침이 온 세상에 다 들리도록 큰 소리로 말하는 것을 배워야만 합니다. 또 이 세상이 캄캄한 암흑 속으로 떨어지지 않도록 세상에 우리의 빛을 제공해야 합니다. 모든 사람의 마음속에는 깨달음과 통찰의 씨앗이 들어 있습니다. 모든 사람이 큰 소리로 말할 수 있는 용기를 갖도록 우리 서로 자기 안에 있는 이 씨앗에 닿을 수 있게 도와줍시다. 우리에게는 수단과 방법이 있습니다. 길도 있습니다. 또 수행을 통해 통찰에 도달할 능력도 있습니다. 시작이 반입니다. 한 걸음 내딛고 한 번 호흡하면서, 우리는 지구와 우리의 소중한 사랑의 공동체와 우리 자신에게 행복과 평화를 가져오는 방식으로 일상생활을 꾸려나갈 수 있습니다.

평화의 문화와 비폭력을 위한 선언

여러해 전, 몇몇 노벨평화상 수상자들과 한자리에 모여 어떻게 하면 어린이들에게 이롭도록 이 세상의 폭력을 줄일 수 있을지 토론할 기회가 있었습니다. 우리는 머리를 맞대고 이른바 '선언 2000'을 작성했습니다. 아울러 유엔에 21세기의 첫 10년을 비폭력과 평화의 10년으로 선언하도록 건의했습니다. 유엔은 이 건의를 받아들여 결의문 'ARES 53129호'를 공포했는데, 2000년을 국제 평화 문화의 해로 2001년부터 2010년까지를 아동을 위한 비폭력과 평화 문화 증진의 해로 선언한다는 내용입니다.

비록 이 10년 동안 모든 세계 문제를 다 해결하지는 못했어도 이 선언은 많은 사람들에게 회자되는 훌륭한 지침이 되었습니다. 똑같은 내용임에도 불구하고 당신은 다섯 가지 깨어 있는 마음 수련에 나오는 말보다 '선언 2000'에 나오는 말을 더 즐겨 사용할지도 모릅니다. 이제까지 각국의 국가 원수와 저명인사들을 비롯해 7,500만 명의 사람들이 이 선언에 서명했습니다.

선언 2000

2000년은 우리 모두에게 새로운 시작이어야 한다. 우리 모두 함께 힘을 모으면 전쟁과 폭력의 문화를 평화와 비폭력의 문화로 바꿀 수 있다.

이를 위해 모든 사람들의 동참이 필요하다. 또 그렇게 함으로써 우리는 존엄과 화합의 세계, 정의와 연대의 세계, 자유와 번영의 세계를 만들 수 있는 가치를 보여주게 될 것이다.

평화의 문화는 지속 가능한 발전과 환경 보호 그리고 인간의 자아실현을 가능케 할 것이다.

그래서 우리의 미래를 위한 나의 책임을 인정하며, 내 일상생활과 가정과 직장과 지역 사회에서, 그리고 더 나아가 국가와 국제 사회에서, 나는 다음과 같이 서약한다.

첫째, 차별이나 편견 없이 모든 사람의 삶과 존엄성을 존중한다.

둘째, 육체적·성적·심리적·경제적·사회적인 모든 형태의 폭력을 거부하며, 특히 약자에게, 적극적으로 비폭력을 실천한다.

셋째, 배타와 불의, 그리고 정치적·경제적 억압을 종식하기 위해 너그러운 마음으로 내 시간과 물질적 자산을 이웃과 나눈다.

넷째, 광신과 비방, 그리고 타인에 대한 거부보다는 대화와 경청을 항상 먼저 취하며 표현의 자유와 문화적 다양성을 옹호한다.

다섯째, 모든 생명을 존중하고, 지구 자연의 균형을 보전하는 발전 방안과 책임지는 소비자의 행동으로써 지구를 보전한다.

여섯째, 새로운 형태의 연대를 함께 만들기 위하여 여성의 참여와 민주주의 원칙을 존중하는 공동체를 건설하는 데 기여한다.

Good Citizen